Tremblement
de cœur

« Encore quelques rencontres et le dégoût s'emparera de moi. Un dégoût à me lever le cœur. Cela se passera exactement au moment où je sentirai la jouissance se substituer à ma vie même. Je me lèverai brusquement, remettrai mes vêtements sans hâte, silencieuse, alors qu'il demandera, ahuri comme les autres : "Qu'as-tu ? Que se passe-t-il ? Parle ! Mais parle !" Je sourirai, déposerai sur le lit un billet d'un dollar, du côté de la photo de la reine comme de bien entendu et je quitterai la chambre. Dans l'ascenseur, je perdrai la mémoire de cette histoire et, une fois dans la rue, je chercherai un endroit pour me cacher et vomir. »

Françoise est une battante. Aussi forte qu'un homme, meilleure qu'un homme, pire parfois. En affaires comme en amour. Mais dans les nuits solitaires des palaces glacés où la mènent des négociations internationales, les peurs se lèvent, ses fantômes lui rendent visite, les miroirs reçoivent d'étranges confidences.

Survient A., homme à haut risque. Le cœur de Françoise se met à battre, à trembler. Peut-elle se mettre en danger ?

Denise Bombardier, on le sait, n'a pas froid aux yeux. Elle met à nu, avec le courage, l'intrépidité et le ton qui lui sont propres, une femme de notre temps. Livre troublant dans lequel hommes et femmes se retrouveront. Étonnamment proches.

Née à Montréal, Denise Bombardier est une journaliste choc de la télévision canadienne. Elle a publié aux Éditions du Seuil Une enfance à l'eau bénite *(1985), remarquablement accueilli par la presse et le public.*

Du même auteur

AUX MÊMES ÉDITIONS

Une enfance à l'eau bénite
roman, 1985
coll. « Points Roman » n° 387

Tremblement de cœur
roman, 1990

CHEZ D'AUTRES ÉDITEURS

La Voix de la France
essai
Éditions Robert Laffont, 1975

Le Mal de l'âme
(en collaboration avec Claude Saint-Laurent)
essai
Éditions Robert Laffont, 1989

Denise Bombardier

Tremblement de cœur

roman

Éditions du Seuil

TEXTE INTÉGRAL

EN COUVERTURE
Peinture de Danièle de Courval (détail)
Galerie Liliane François

ISBN 2-02-014757-2
(ISBN 2-02-011518-2, 1re publication)

© Éditions du Seuil, mars 1990

La loi du 11 mars 1957 interdit les copies ou reproductions destinées à une utilisation collective. Toute représentation ou reproduction intégrale ou partielle, faite par quelque procédé que ce soit, sans le consentement de l'auteur ou de ses ayants cause, est illicite et constitue une contrefaçon sanctionnée par les articles 425 et suivants du Code pénal.

A F. Blaise.
Sans autre commentaire.

1

Au creux de sa poitrine, je découvris une grande tache de vin. J'y posai les lèvres. La boursouflure faisait comme un coussin. Je l'effleurai de la langue. La sensation était étrange.

Lui me caressait. Sans se presser, sans douceur, sans tendresse. Avec seulement une émotion dont je n'arrivais pas à cerner les contours. Et mon corps s'affolait malgré moi. Trop rapidement, je perdais pied. Alors pour me distraire de mon propre désir et pour ne pas qu'il m'emporte, je m'obligeai à penser à Marie et Anne que j'irais chercher dans quelques heures à l'école. Aux courses à faire avant le dîner.

Lui gémissait, prononçait des mots qui ne s'adressaient pas à moi, qui décrivaient plutôt le plaisir qu'il éprouvait. Ainsi, il m'échappait, ne me cédait en rien.

Au bord d'être perdue, je m'accrochai aux bruits

de la rue. J'imaginais les gens sur les trottoirs. J'essayais de compter le nombre de voitures qui freinaient à l'intersection. Mais il devina ma fuite intérieure et m'obligea à revenir vers lui avec des exigences si précises que je ne voulus plus que ce qu'il réclamait.

Après, nous avons repris la conversation là où nous l'avions arrêtée, lorsque nos regards avaient annulé les mots. Cette fois, je n'allais pas faiblir. Je tairais le trouble que notre étreinte avait fait surgir. Pour cela, éviter de l'appeler par son prénom. Qu'il ne soit qu'un parmi ces autres, fugitifs, qui défilent dans ma vie. D'ailleurs, entendre mon propre prénom me fait rougir. Je ne m'y habitue pas. Mon père ne m'a jamais dit « Françoise ». Les rares fois où il s'adressait à moi, il avait recours à des sons. « Psitt, ôte-toi de là », « Aïe, va m'acheter des cigarettes ».

A., maintenant, parle. D'affaires puisque c'est notre domaine commun et que lui ne connaît que cela. Très vite, je suis presque étonnée de me découvrir à moitié nue dans le lit avec cet homme. La seule chose qui m'importe, c'est la sauvagerie dans laquelle il m'a entraînée durant de longues minutes. Trois fois nous avons fait l'amour de cette façon. Encore quelques rencontres, et le dégoût s'emparera de moi. Un dégoût à me lever le cœur. Cela se passera exactement au moment où je sentirai la jouissance se substituer à ma vie même. Je me lèverai brusquement, remettrai mes vêtements sans hâte, silencieuse, alors qu'il demandera, ahuri comme les autres : « Qu'as-tu ? Que se passe-t-il ? Parle ! Mais parle ! » Je sourirai, déposerai sur le lit un billet d'un dollar, du côté de la photo de la reine comme de bien entendu et je quitterai la chambre.

Dans l'ascenseur, je perdrai la mémoire de cette histoire et, une fois dans la rue, je chercherai un endroit pour me cacher et vomir.

Je l'observe. Je n'écoute rien de ce qu'il raconte. Tant de mots m'ennuient. Je deviens comme un homme, seule compte l'envie que j'ai de lui. Et ce mystère me fascine. Mais il disparaîtra dès l'instant où je prévoirai sa façon de me regarder, lorsque je devinerai l'endroit de sa caresse, quand je ne sentirai plus la pression de ses doigts sur ma nuque.

Fort, sûr de lui, sans doute flatté que je lui aie cédé, il ne doute de rien. Pourtant, une ombre passe sur son visage.

— Qu'est-ce que tu as ?
— Tu sembles avoir oublié ce qui vient de se passer.
— Pourquoi dis-tu cela ?
— Une impression, Françoise.

Il tente de m'attendrir. Parce qu'il sait qu'après l'étreinte les femmes recherchent l'épanchement, ce moment où elles appartiennent le plus totalement aux hommes, où elles roucoulent et avouent l'amour si légèrement. Il me souhaiterait ainsi, je suppose, car il me dévisage et cherche à me soumettre de nouveau. Or, c'est son regard qui s'embrouille. Je le regarde me désirer sans cesser de parler, lui racontant la façon dont j'ai réussi la prise de contrôle de la firme anglaise que les journaux ont saluée comme un exploit. Ainsi, je me joue de lui, car il ne peut résister à son désir d'entendre le récit que je lui en fais.

Attentif, il est là, à ma merci. Mais je lui en veux de se ressaisir si naturellement.

— Tu dois retourner au bureau. Tu es déjà en retard, dis-je en écartant le drap.

— Non, reste.

J'ai réussi à inverser la situation. Tant de femmes ont dû le supplier dans le passé.

— Je n'ai plus le temps. On se reverra.

— Pourquoi pas demain matin, ici, pour le petit déjeuner ?

Je souris.

— Appelle-moi mardi prochain. Lundi, je suis à New York.

Je déteste ce moment, ce retour à la réalité crue qui n'appartiendra jamais aux amours clandestines. Ramasser le slip, le soutien-gorge, le chemisier, la jupe, autant de raisons d'être humiliée. Il faut donc hâter le départ, quitter les lieux la première.

A., allongé sur le lit, sans même prendre la peine de couvrir son corps, m'a observée. Je m'approche, évitant de regarder sa nudité, par pudeur et pour garder inassouvi mon désir. Refoulant un étrange dédain, je me laisse écraser la bouche de son baiser. Patience. Bientôt, je serai libérée.

Le décor familier de la rue Sherbrooke me rassure et m'étonne. Il ne se serait donc rien passé derrière une fenêtre — mais laquelle ? — de cet hôtel où A. a eu l'impression de m'entraîner alors qu'avant même de le retrouver pour déjeuner j'avais imaginé tout le scénario. A un détail près : j'avais omis d'inclure mon propre emportement dans cet échange où l'on a tendance à croire que seul l'autre est perdant.

— Faut que votre mari vous aime pour vous avoir acheté une si belle auto, lance l'employé du garage, en m'apercevant. Votre Buick était encore toute neuve. C'est du luxe.

Je souris malgré moi. Si j'avais attendu un homme pour avoir une voiture...

— Vous savez que cette Mercedes-là est classée en tête de sa catégorie dans le *Consumers Report*.

— C'est ce qu'on m'a dit. Je l'ai choisie à cause de sa puissance. J'aime quand ça roule vite.

— Bien sûr. Puis, c'est pas les contraventions qui doivent vous empêcher de dormir.

Il ne l'a pas dit ironiquement. Il constate. Je suis riche. Enfant, je n'aurais jamais osé mettre les pieds dans le quartier qui est le mien aujourd'hui. « L'ouest, c'est pas chez nous », répétait mon père. Il en parlait à la fois avec admiration, crainte et mépris, et j'étais convaincue que, si l'on osait s'y rendre, la police nous arrêterait sur-le-champ. Aujourd'hui, j'habite une maison, un château, aurais-je dit petite fille, où l'on doit se téléphoner pour se parler. Comme dans les films américains que je voyais à dix ans dans le sous-sol de l'église paroissiale. Chez moi cependant, la bonne est blanche et il n'y a plus de mari. Il est parti tranquillement il y a trois ans, sans que j'en aie prévu le moindre signe annonciateur.

Un soir, alors que j'étais en train de me changer, il est entré dans la chambre. Il a dit : « Je ne peux pas t'expliquer. Je ne comprends pas ce qui m'arrive. Je dois partir. » Partir ? J'écoutais à moitié, car je venais de m'accrocher l'ongle dans un collant tout neuf. Ça m'ennuyait, car je dépense des fortunes en bas de toutes sortes tout en sachant pertinemment que, si l'on fabrique des combinaisons pour marcher dans l'espace, on peut aussi confectionner des collants qui ne filent pas. Je n'aime pas être roulée.

Il a dit : « Tu as entendu ? » J'ai répondu : « On va manger plus tôt ce soir, je voudrais me coucher de bonne heure. » Il a insisté : « Françoise, je déménage. Je n'ai plus la force de vivre avec toi. » Je l'ai regardé en souriant. Ma bouche tremblait. « Ne pleure pas, s'il te plaît. Je pars tout de suite. Ne dis rien aux filles. Je t'appelle demain matin. »

Y penser provoque la brûlure. Une brûlure qui s'étend, s'infiltre dans les seins et monte à la gorge.

Il me faut arrêter l'auto. La ranger le long du trottoir. Ouvrir la portière et attendre que ça passe. Que ça refroidisse.

Imaginer A. couché sur moi. Son sexe en moi. Me concentrer sur cette sensation. Jusqu'à ce que le feu s'atténue.

Cela se calme. J'éprouve une lourdeur familière dans les jambes, dans les bras.

Enfin, je referme la portière, redémarre et jette un coup d'œil dans le rétroviseur. Je me dévisage sans complaisance.

Mes yeux brillent, mes traits sont détendus. Aucune trace de l'orage. Victorieuse, toujours.

Je roule, indifférente à la circulation. Instinctivement, je tourne à droite, vers le haut de la montagne, vers cette école huppée de mes filles qui n'en connaissent pas d'autres. Je leur en veux, au fond, d'être si différentes. Si à l'aise dans ce milieu où pour moi tout fut acquis, pouce par pouce. Mes enfants me sont étrangères. Elles ressemblent aux petites filles qui accompagnaient leurs mères lors de la distribution des paniers de la Saint-Vincent-de-Paul aux pauvres de notre quartier. Je me cachais sous la galerie lorsqu'elles venaient comme en procession. Par honte qu'elles me voient et pour les observer en détail. Surtout leurs souliers en cuir vernis noir à bride qui rendaient leurs chaussettes blanches plus blanches encore. Mes filles ont les mêmes chaussures depuis qu'elles ont l'âge de marcher. Chaque fois qu'elles les portent, quelque part au fond de moi-même je les rejette comme un corps étranger. Et cette idée me dérange.

J'accélère. Je les aperçois de loin, assises sur le bord du trottoir. Marie mâchouille son foulard. Anne lit, concentrée comme à son habitude.

Une bouffée d'ennui m'enveloppe. Je connais trop bien la suite : le même chemin pour rentrer à la maison, le saut à la boucherie, les tiraillies dans l'auto, les pleurs de Marie, les bouderies d'Anne. Puis le silence des devoirs et des leçons, pendant lequel je dépouillerai le courrier et écouterai les messages téléphoniques. Ces messages qui ne sont jamais ceux que j'espère tout en ne sachant pas ce que j'espère. D'autant plus que se mêlent à eux ces appels identifiables à leur déclic, ceux de Jean destinés à ses filles et qui m'a même enlevé le droit d'entendre sa voix. Durant de longs mois, après son départ, chaque fois qu'il téléphonait et que c'était moi qui prenais le combiné, il raccrochait. Il m'arrivait d'entendre sa respiration. Un jour, j'ai capitulé. Cela fait deux ans que je ne réponds plus au téléphone.

Ce soir, l'idée du dîner à trois, « comme trois vieilles filles », répète souvent Anne avec ravissement, m'étouffe. Je n'en peux plus d'être une bonne mère.

— Lavez-vous. Brossez vos dents. Oui, vous pouvez lire trente minutes. Oui, je vais venir vous border.

Je m'écroule sous la bonté, la patience et l'affection. Sans ignorer que, si je tentais de m'y soustraire, je serais en proie à un état proche de la panique. Ma révolte ne peut être que verbale. Et même là, je me contiens. Comment accepter de haïr ses propres enfants, ne fût-ce que le temps d'un éclair ?

Je conduis en automate. Nous redescendons à travers des rues trop propres, sans signe de vie.

— Maman, peut-on aller manger au Sushi Bar ? demande Marie assise à mes côtés, comme si elle devinait mes pensées.

— Et les devoirs ?
— On va manger vite.
— Ça coûte trop cher. Je n'en ai pas les moyens.
Faux. Mais cet argument, celui répété inlassablement par ma mère : « Mange ton steak, il coûte deux dollars vingt-cinq la livre. Ne laisse pas tes pois dans ton assiette, ce sont des numéro un, les plus chers », il m'est nécessaire dans la relation avec mes enfants. Pour établir la filiation. Pour qu'elles subissent quelques-unes des contraintes de mon passé.

— Ça ne coûte pas cher. Seulement soixante-quinze dollars. C'est rien, dit Marie.
Vlan ! La main est partie. Malgré moi. Je n'ai jamais giflé ma fille auparavant.
— C'est interdit de battre les enfants, dit calmement Anne à travers les hurlements de sa sœur. C'est écrit dans la Charte des droits de l'enfant. On l'a lue à l'école.
Je vois mes doigts étampés sur la joue de Marie. Pourtant, je n'éprouve aucune culpabilité ! A vrai dire, je suis soulagée. Voilà enfin une preuve que je suis une mère indigne. Je me laisse aller au plaisir de voir la petite souffrir un peu.
Par le rétroviseur, j'observe Anne, impassible.
— Toi, Anne, une autre remarque comme ça et tu vas savoir ce que j'en pense de ta Charte.
Pas de réplique. Marie, elle, renifle.

Me réfugier dans la chambre avec A. Rechercher d'abord l'odeur de l'amour, ce parfum trop lourd de nos sueurs confondues. Toute jeune, j'ai découvert la sensation troublante procurée par l'odorat. Je me souviens du magasin de bonbons tenu par une très vieille dame face à la maison de ma grand-mère. Cette odeur-là, je ne l'ai retrouvée nulle part ailleurs. Et l'odeur des tresses de ma grand-mère dans lesquelles je plongeais le nez et qui est imprégnée si fortement en moi que je n'ai plus jamais pris plaisir à respirer de cheveux par la suite, même ceux des hommes aimés. Plus tard, pour assurer cette continuité, je frôlerai mon mamelon sous le nez des bébés avant de les allaiter.

Revenir à A. Pour réentendre ses gémissements jusqu'à les éprouver dans mon ventre, telles des ondes vibratoires. Mais je m'arrache à ces pensées. Ne sont-elles pas sacrilèges en présence des enfants ?

A l'intérieur de la voiture, pas un son. Marie regarde par la fenêtre. Anne lit. Va pour le restaurant.

La petite a compris en me voyant redescendre la Côte-des-Neiges. Elle me regarde, un sourire incertain aux lèvres.

— Tu vas prendre des pétoncles crus, je suppose ?

— Oui, répond-elle tout excitée. Des pétoncles, des king clams, des œufs de saumon et des oursins.

— Je pensais que tu étais devenue pauvre, maman, lance Anne, imperturbable.

Je l'observe par le rétroviseur. Quelle assurance, quelle force en elle ! Un peu trop sans doute. Je me revois à son âge, inquiète, fébrile. Pourtant, après le départ de son père, elle a pleuré durant des semaines. Toujours au même moment, à sept heures et demie le soir, qu'elle fût à table ou pas, qu'il y eût ou non des gens à la maison. Puis, un samedi de tempête de neige, en novembre, elle a décidé de sortir à sept heures pour pelleter. Je l'ai accompagnée et nous avons joué à nous lancer des boules de neige, jusqu'à épuisement. A huit heures, nous sommes rentrées, mouillées jusqu'aux os. Après un bain chaud, elle a demandé à dormir dans mon lit. J'ai hésité, moi c'était la nuit que je pleurais, puis j'ai acquiescé. A partir de ce soir-là, Anne n'a plus jamais pleuré à heure fixe.

Chez le Japonais, nous sommes constamment dérangées par des connaissances venues me saluer. A vrai dire, je m'y attendais, je l'espérais même. Car je n'ai pas le cœur aux filles. Mais y a-t-il une seule présence qui me réconforterait vraiment ? Je me sens dans un *no man's land* dont je voudrais moi-même m'extraire. Par faiblesse, je m'accroche à ces gens qui m'abordent. « Voici ma fille Marie. — Bonjour, monsieur. — Et Anne, mon aînée. — Elles ont grandi depuis la fois où tu es venue dîner avec elles. Ça fait trois ans, non ? Tu étais encore avec ton mari. »

Quelle précision. Je devrais le remercier de ce rappel historique. Curieusement, les autres retiennent toujours ces données objectives de nos vies ; sans doute servent-elles de points de repère pour les leurs.

Marie mitraille des yeux cet homme inconnu qui tutoie sa mère et ose parler de son père.

— T'es ami avec lui ? J'espère que non. Il ressemble à un épagneul.

— Un épagneul, c'est plus intelligent, dit Anne. Qui c'est, cet homme, maman ?

— Je suis en affaires avec lui depuis des années.

— Il serait temps que tu arrêtes.

Une bouffée de bien-être m'envahit. Enfant, il m'arrivait de ressentir cette émotion que je n'identifiais pas. Un jour, pendant la leçon de catéchisme, la sœur avait décrit avec précision la sensation exacte qui m'habitait parfois. « Dans ces moments-là, c'est le bon Dieu qui se manifeste en vous. C'est l'état de grâce. » L'explication m'avait apaisée car j'étais sûre, un jour sur deux, d'avoir l'âme noircie par le péché. Ce soir, est-ce Dieu ou mes filles qui me procurent cet apaisement ? Dieu dont j'ose à peine prononcer le nom de crainte qu'Il ne me reconnaisse plus. Il y a si longtemps que je Le fuis.

— On aurait dû aller manger ailleurs pour avoir la paix, remarque Anne, une fois sur le trottoir.

Le froid est sec comme du verre. J'aime l'automne. Dans ce pays de démesure, c'est la seule saison vraiment humaine. L'hiver paralyse la vie, le printemps provoque un long dégel boueux et triste, et l'été apparaît trop tôt, torride au début, glacial et pluvieux ensuite. Les rues désertes recouvertes de feuilles mortes, une symphonie en jaune, rouge, brun ou vert — mais pourquoi les vertes tombent-elles? — me ramènent à l'âge de mes filles. Dans la rue bruyante et populeuse où j'habitais, les arbres étaient absents. Alors, nous allions en voiture ramasser les feuilles de la rue des riches, qu'on appelait ainsi à cause des arbres qui la bordaient et du fait que le grand presbytère de la paroisse s'y trouvait. La navette entre les deux rues durait jusqu'à ce que l'amoncellement des feuilles atteigne la galerie du premier étage. Commençait alors le jeu de l'enterrement. Chef de clan, je désignais les chanceux qui pouvaient se vautrer dans le tas, y disparaître et resurgir comme des clowns mus par un ressort. Ce privilège était strictement réservé aux enfants de notre rue. Ceux de la rue des arbres venaient assister en spectateurs muets à cette féerie tourbillonnante de leurs feuilles. Nous nous vengions ainsi de l'humiliation que provoquait chez nous leur entrée spectaculaire à la messe du dimanche, alors qu'habillés comme des mannequins, ils épiaient nos regards admiratifs, nous qui n'avions pas les moyens de nous endimancher.

Dans l'auto, Marie et Anne se sont endormies. Deux enfants. Moi qui croyais ne pas pouvoir accoucher. Par crainte de mourir. Ma mère m'avait raconté tant d'histoires horribles. De ventres qui éclataient sous la poussée du bébé, des « os » qu'on crevait. Lorsque, à quatorze ans, j'appris par une compagne la façon de faire le bébé, j'eus la nausée durant des jours. Jamais, jamais, je ne m'y résoudrais.

A. réapparaît tout à coup, sans traits précis. De nouveau la mémoire de son odeur. Brève cette fois.

La grande maison de pierre. Ma maison. L'arrêt du moteur réveille Marie et Anne. En montant les marches, elles écrasent les feuilles sous leurs pas. Distraitement, car elles ignorent les jeux de l'automne.

2

— Nous allons atterrir à New York dans quelques minutes. S'il vous plaît, bouclez votre ceinture et relevez le dossier de votre siège.

New York. La première fois que j'y suis venue, à dix-neuf ans, je me suis fais prendre en train de voler dans une librairie de Time Square. C'était *White Collars* de C. Wright Mills, un ouvrage sociologique que je destinais à un des étudiants de notre groupe dont je voulais attirer l'attention. J'entends encore l'employé crier à tue-tête au moment où, me croyant sauve, je quittais les lieux : « Come on inside, thief, you have a book there[1]. » L'apprenti sociologue avait déguerpi comme un lâche, me laissant me débattre avec le personnel afin qu'on n'appelle pas la police. Et en voyant la carte d'étudiante que j'avais présentée

---

1. Eh, la voleuse, revenez ici. Je sais que vous cachez un livre.

en guise d'identification, le libraire avait ajouté :
« University of Montreal ? What kind of cheap place is this[1] ? »

J'ai donc gardé *White Collars*, cette étude sur les cols blancs, la classe à laquelle ma mère rêvait d'appartenir. Elle aurait tant aimé voir mon père travailler dans un bureau comme assistant comptable. « C'est beau un homme en veston, cravate, qui revient à la maison si propre qu'il n'a pas besoin de se changer », répétait-elle chaque soir en lavant les vêtements tachés d'huile de son ouvrier de mari. Pouvait-elle imaginer qu'un jour sa propre fille, bardée de diplômes, viendrait rencontrer d'égal à égale de gros bonnets américains avec lesquels elle souhaitait conquérir le monde ?

J'y suis parvenue. Parvenue est un mot que j'aime. Il n'a à mes yeux aucune connotation péjorative. Il signifie monter, accéder, refuser l'inéluctable, le déterminisme, comme disent les sociologues pour lesquels j'ai eu tant d'admiration. Au moment où j'ai rejeté la Foi, au début de mes études universitaires, j'ai découvert qu'eux en offraient une autre, plus rassurante, où tout s'expliquait, rien ne restait dans l'ombre. Et,

---

[1]. L'université de Montréal. Qu'est-ce que c'est que cet endroit minable ?

surtout, où l'individu n'était plus responsable de ses malheurs. J'ai plongé tête baissée dans le système. Conte, Durkheim, Malinovsky, Lévi-Strauss m'ont tour à tour satisfaite. J'ai même effleuré Marx, l'espace d'un semestre, avec un professeur, retour de Sorbonne, qui avait adopté l'accent parisien, fumait des Gauloises et ridiculisait les étudiants de HEC et de Polytechnique. « La société québécoise n'a pas besoin d'exploiteurs, elle a besoin d'une classe ouvrière forte et conscientisée », disait le bel homme, nonchalamment, entre deux bouffées de fumée ocre qui me faisait tousser. Je rompis en quelque sorte avec lui lorsqu'il affirma un jour, en forme de boutade, que, pour développer le sentiment de classe, il fallait exacerber les contradictions en tenant aux travailleurs un discours du genre : « Si vous êtes pauvres, c'est que vous le méritez. » Je terminai le diplôme en sciences sociales, puis m'inscrivis à HEC. Les affaires, l'argent, le secteur privé, mots tabous chez les défenseurs du peuple, deviendraient mon univers. Non par attirance, mais par défi.

Le jour où je me retrouvai à Harvard, inscrite en bonne et due forme au MBA, j'eus peur de ma propre ambition. Ce campus ne pouvait être le mien, même si officiellement j'étais membre de cette fraternité intellectuelle et combien sociale

L'idée même de m'en réjouir m'était interdite. Rien ne me rattachait à mes camarades de cours, hormis l'esprit de compétition. Je ne m'accordai donc aucun répit. « Non, merci, pas de cinéma ce soir. » « Je suis désolée, samedi j'ai prévu de travailler. » « Of course, j'aime danser. » « Un week-end à Cape Cod chez tes parents ? J'apprécierais, mais je suis débordée. »

Personne n'insista plus. Il y avait tant de filles autour qui se languissaient et qui fréquentaient Harvard à la recherche, disait-on, du diplômé plutôt que du diplôme : la révolte féministe n'en étant encore qu'à ses balbutiements. Après quelques semaines, je vivrai donc isolée, enfermée dans la bibliothèque ou dans ma chambre, me punissant en somme d'un crime ou plutôt d'une trahison sur laquelle je n'osais mettre un nom.

Pourquoi, ce matin, le plaisir électrifiant de retrouver New York m'échappe-t-il ? Je sais pourtant que le marché que je vais conclure avec Ted n'est plus qu'une formalité. Ted, le seul de mes camarades d'Harvard qui ait résisté au découragement et m'ait forcée à le fréquenter. Je l'avais remarqué dès les premiers jours. Je le trouvais beau, sérieux et surtout reposant parce que je n'éprouvais pas pour lui ce déclic physique qui complique tant mes rapports avec les hommes. Un soir, après avoir terminé un travail en commun, l'alcool aidant il m'avait avoué son émoi. J'avais alors feint de ne pas le prendre au sérieux pour éviter de le blesser. Finement, il avait tourné sa propre déclaration en blague et, à genoux devant moi, m'avait baisé les pieds. Par la suite, nous ne fîmes jamais allusion à l'incident. Tout à l'heure, je le retrouverai, égal à lui-même, amical, ouvert, enjoué. J'ai confiance en lui et j'arrive mal à cerner les motifs pour lesquels il accepte de m'aider — à vrai dire, je m'étonne toujours qu'en ce milieu, l'argent n'explique pas tout — pour cette opération financière en Thaïlande qui me tient à cœur car elle va me permettre d'élargir mon champ d'action. Ted n'ignore guère que sans lui je n'y parviendrais pas. Car c'est l'Américain ici qui m'est indispensable.

Il pleuvait à boire debout lorsque à sept heures, j'ai quitté Montréal. Il suffit de soixante minutes de vol pour arriver au cœur de la métropole américaine où le pouvoir personnel triomphe. Malgré moi, je me laisse porter par cette tension chaque fois que j'y mets les pieds. Or, ce matin, un énervement inutile se superpose à l'émotion familière.

A. Le désagrément d'y songer. Pourquoi refait-il surface ? Au fond, j'aurais souhaité qu'il se manifeste après notre rencontre et, ce, en dépit de mon refus. Pourquoi n'a-t-il pas insisté pour me voir ? Comment peut-il ne pas être bouleversé par mon absence ? Pourquoi ne m'a-t-il pas envoyé des fleurs au bureau ? Ou laissé un mot chez moi ? Ridicule. Lui ou un autre, c'est pareil. Qu'est-ce que j'ai à vouloir romancer cette histoire ?

Bêtement, je souffre.

Le taxi s'arrête brusquement devant le Waldorf. J'ai traversé la ville sans m'en apercevoir.

Cet hôtel, ma mère m'en parlait comme du palais des *Mille et Une Nuits* quand j'étais petite. Elle lisait avidement le *Movie Life Magazine* qui décrivait la vie des stars d'Hollywood qu'elle admirait au cinéma du quartier. Ses préférés, Clark Gable, Cary Grant, Gregory Peck, Tyrone Power, Walter Pidgeon, descendaient toujours au Waldorf. Certains y possédaient en permanence des suites que ma mère nous décrivait avec précision. De la moquette blanche, des salles de bains en marbre de Carrare, des lits en forme de cœur et du champagne comme bain moussant. Elle en parlait avec une excitation incontrôlée, elle dont la vie n'était que contrôle.

Je ne descends jamais ailleurs. Il m'est même arrivé de retarder un voyage parce que l'hôtel affichait complet.

— Hy, Lady ! Home again, lance le portier en me reconnaissant.

— Je suis venue à cause du soleil. A Montréal, il pleut.

— You are the sunshine, Mam, répond-il avec son rire inimitable.

L'immense lobby arts déco ressemble un peu trop à un plateau de tournage. Mais j'y suis chez moi. Je marche sur les tapis épais comme s'ils m'appartenaient et je me mêle à ces gens affairés et chics avec l'impression bizarre d'être encore plus affairée et plus chic qu'eux.

Au comptoir, la jeune employée pianote sur son clavier dès qu'elle m'aperçoit.

— Madame Robert. Aujourd'hui vous êtes au 1001. C'est une jolie petite suite qu'on vous laisse au prix habituel. A bargain.

Je retraverse le lobby en direction des ascenseurs. Les mêmes gestes que la dernière fois, avec une décontraction feinte et réelle en même temps. Dizième étage. Un vieux monsieur, « There you are dear », s'incline pour me laisser passer. Le corridor à la moquette rose thé. Un corridor feutré que, le soir, des couples d'une nuit parcourent gênés, pressés que se referme derrière eux la porte de la chambre où, qui sait, leur vie pourrait basculer.

La suite, vert pomme et blanche, fait l'angle de

l'immeuble. De la fenêtre, j'aperçois dans le bureau d'en face une secrétaire, la jupe jusqu'à la taille en train d'ajuster son collant. Je me retire, comme prise en flagrant délit. J'entre dans la salle de bains vérifier si la panoplie de tubes miniatures — shampooing, bain moussant, savon liquide — est en place. Rien ne manque. Je suis rassurée.

J'ai rendez-vous dans une heure. Je n'aime pas ces flottements imprévus dans mon horaire. Ils me déconcertent. Pourquoi ne pas appeler Charlotte, ma confidente la plus proche ? Lui parler de A. Non. Refuser de le faire exister. Je compose tout de même le téléphone de Charlotte qui est occupé. Tant mieux. Mais je recompose. Deux, trois, cinq fois. Toujours le même bruit frustrant.

Appeler A. Folie ! M'interdire ce jeu où je serai perdante. Pourtant, mon répertoire dans les mains, je parcours la page : Poulain, Paquin, Petit, Patenaude, Poirier A. — le numéro, là, sous mes yeux. Ma mémoire l'a déjà enregistré.

Refermer le carnet, puis soulever le combiné. A ce moment, la sonnerie retentit. La voix familière de Ted. Sauvée...

Je suis si heureuse de lui parler qu'en riant il s'en étonne.

— What's a matter with you this morning ? Tu as gagné à la loterie ?

— Non, mais ce sera fait ce soir.

— Provocante en plus. Méfie-toi : tu es en train de devenir une vraie Américaine, dure et sans cœur pour les pauvres hommes.

— Le rendez-vous de onze heures tient toujours ?

— Of course. Je voulais seulement savoir si tu étais libre ce soir. Je pourrais obtenir deux billets de théâtre. Je ne connais pas la pièce, mais les critiques sont excellentes.

J'hésite. J'ai promis à Joan, une New-Yorkaise rencontrée un jour chez des amis, que je dînerais chez elle. Or, chaque fois, je m'y retrouve entourée de snobs qui m'ennuient. Je préfère cependant fixer des rendez-vous que d'envisager de rester seule. Lâchement, il m'arrive d'accepter une invitation plus attrayante et d'annuler la précédente.

— OK, Ted, see you later.

Du même coup, *exit* A. Je le reverrai tel que prévu, ferai l'amour une dernière fois, puis m'éclipserai, soulagée. Aucun homme ne s'infiltrera de nouveau dans mes veines.

Jean. La brûlure. Je la sens revenir.

Il me faut quitter la chambre.

Je ramasse mon sac, mon porte-documents, ma clé. Dans le corridor, je cours pour distancer ma mémoire.

Une fois entrée dans l'ascenseur, le miroir me renvoie l'image d'une femme élégante, tendue, qui relève la tête comme pour la remettre en place. Et cette femme n'arrive pas à me sourire.

Dans Park Avenue, je me sens à l'abri. Je marche en direction de Central Park et, peu à peu, je redeviens un personnage, cette femme décidée, prête à la bataille. Je récapitule les arguments que je mettrai en avant tout à l'heure. Je m'en convaincs, je les conteste. Cet exercice de concentration m'a tant de fois sauvée dans le passé.

Je me parle en anglais. Comme toujours dès que je sors du Québec. Car ailleurs est toujours en anglais à mes yeux. J'aime parler cette langue. J'ai même remarqué, lors de mes nombreux séjours en France, que l'absence de sons anglais me dépaysait. Quelle déception la première fois que j'ai débarqué à Londres ! Je découvris une ville familière où les maisons de brique ressemblaient aux nôtres, où les rues à angles droits ne pouvaient désorienter, où les gens, polis et froids, nous abordaient sans passion, où même les gâteaux et les pâtisseries étaient identiques à ceux que l'on mangeait à la maison.

Par la suite, à Paris, le choc n'en avait été que plus brutal. Étions-nous donc si peu français malgré la langue commune ? Les immeubles élégants, les places en étoile, le ton assuré et définitif des gens à qui je m'adressais, tout était si différent de chez nous. J'étais à la fois éblouie et attristée. J'aurais tant désiré que Paris ne me soit pas étranger, alors que Londres l'était si peu et New York à peine.

La discussion sans surprise a duré une heure. Une lassitude inhabituelle se dégage de Ted. Elle se traduit même dans ses gestes, une façon de tenir le dossier, de le remettre sur la table avec effort. A ses côtés, John et Burt — les Américains se réduisant à des prénoms — la trentaine ravagée par les longues heures de bureau, par l'ambition sans frein de ceux qui savent qu'à quarante ans il est impératif d'être arrivé. Des Américains comme je les aime, mais seulement en négociation. Sauf les Juifs, fascinants, épuisants, qui transforment une discussion en un combat de boxe, d'où l'on sort euphorique ou découragée, selon les résultats. Dans ma famille, on a toujours aimé les Juifs. On leur attribuait des qualités exceptionnelles. Ma tante travaillait pour eux dans un atelier de couture. Elle se faisait une gloire de connaître le yiddish et, lorsqu'elle nous rendait visite, nous exigions de l'entendre parler. Les larmes lui venaient aux yeux quand elle décrivait les malheurs qui les avaient accablés. A l'adolescence, je découvris, hébétée, la tragédie de leur peuple et je m'imposai la lecture de tous les ouvrages sur l'Holocauste qui me tombaient sous la main à la place des biographies de saints que nous recommandaient fortement les religieuses. Mes rares histoires de cœur américaines l'ont été avec des Juifs new-yorkais qui tous m'ont affirmé que j'avais le même tempérament qu'eux. J'en étais flattée.

Les rendez-vous se succédant jusqu'en fin de journée, j'ai pris congé des trois hommes en vitesse, une fois l'affaire conclue. Je recherche ces moments survoltés. Je me sens alors invulnérable et j'oublie le reste de ma vie, mes filles surtout. Que je les quitte pour quelques heures ou quelques jours, l'anxiété réapparaît. Si bien que j'évite de téléphoner à la maison de peur d'apprendre une mauvaise nouvelle à leur sujet. Je me rassure en me répétant qu'on saurait où me trouver au cas où une catastrophe surviendrait. Un jour, j'ai même abandonné le bureau au beau milieu d'une réunion sous l'emprise d'un pressentiment. Je me suis précipitée à l'école pour vérifier si Anne n'avait pas eu d'accident. En apercevant une ambulance en stationnement devant la porte principale, j'ai failli m'évanouir. J'imaginais déjà ma fille, la tête en sang. Une religieuse me reçut. Je bégayai quelques mots, parlai de mauvaise intuition, d'inquiétude incompréhensible, la sœur me rassura.

— Ne vous en faites pas, madame. Vous n'êtes pas la première à qui cela arrive. On dirait que les mères — car les pères ne réagissent pas ainsi — ont du mal à être séparées de leurs enfants.

Confuse, je m'excusai de nouveau et je retournai au bureau, accablée. Humiliée aussi de me contrôler si mal.

La journée a été fructueuse. Ted et ses associés acceptent l'opération thaïlandaise et j'ai amorcé une négociation en vue de l'achat d'une entreprise de pointe en électronique située au Vermont. Pourtant l'enthousiasme n'y est pas. Réussir m'est devenu trop facile, trop banal. L'impression de répéter le même scénario.

Six heures. Ted sera là dans une demi-heure. Je regarde le combiné. Non, je ne téléphonerai pas à la maison. La sonnerie me sera insoutenable. La manière qu'aura la gardienne ou Anne ou Marie de dire « Allô » me glacera. Je demanderai « Ça va ? » Et il y aura ce silence entre la question et la réponse, un silence où tout peut basculer. Comme dans la tête de Jean. Sa décision de partir s'est figée là. En ce quart ou huitième de seconde où il a fait éclater ma propre vie. Depuis l'enfance, j'ai toujours eu la prémonition de cette cassure. Je n'ai jamais supporté qu'on me dise une phrase aussi anodine que : « Pourriez-vous me voir, j'ai à vous parler. » La panique s'est toujours emparée de moi.

J'allume la télévision. Le bruit me tient compagnie. Je me déshabille machinalement, sans même me regarder. Je fais couler le bain. J'ai froid. Pourquoi me suis-je mise nue avant de remplir la baignoire ? Je cherche un peignoir. La femme de chambre l'aura oublié. Devant le miroir, je n'ose lever les yeux. Trop lasse de moi, même pour observer mes défauts physiques.

J'aime le cérémonial du théâtre dans cette ville. Tous ces gens qui marchent dans la 45ᵉ Rue, vers Broadway, partagent une excitation commune : assister à un événement quasi sacré. Au bras de Ted, je me sens mieux. J'éprouve un sentiment de supériorité d'être à New York dont le nom seul fait vibrer le monde entier.

Dans la 44ᵉ Rue, les groupes se forment devant les différentes salles. Des gens s'extraient de limousines noires plus longues que des corbillards et semblent apprécier les regards curieux de ceux qui sont arrivés plus modestement à pied ou en taxi. La foule cherche à reconnaître des vedettes. Les têtes se tournent soudain vers une Cadillac blanche d'où descend, aidée par un chauffeur, la grande Bette Davis. Bette Davis à laquelle ma mère s'identifiait totalement lorsque, dans les bras de Clark Gable, elle entrait en pâmoison. La vieille actrice, toute menue et ratatinée, s'avance comme sur une scène, un sourire légèrement condescendant aux lèvres.

— Quelle désolation, fit Ted. Elle était si parfaitement belle.

— Mais elle l'est encore. Tu as remarqué la force qui se dégage d'elle ? Regarde, personne n'y est indifférent.

— Peut-être Mais toi, tu n'as pas peur de vieillir ?

— Non, ma peur est ailleurs.

— Oh ! Françoise, toi, avoir peur ? Ce sont les autres qui ont peur de toi.

Et il s'esclaffe, convaincu que je blague. Alors je souris, et nous nous dirigeons vers l'intérieur de la salle aux murs drapés de velours grenat. Ici, chaque soir, sur scène, des acteurs sacrifient leur vie au profit de celles de personnages inventés pour nous permettre d'oublier d'avoir peur, de trahir ou de mourir.

Soudain, la salle est plongée dans le noir. J'éprouve un serrement trop familier dans la poitrine. J'ai chaud. La tête me tourne. Vivement que l'acteur lance la première réplique. Ted a senti mon trouble car il me scrute, interrogateur. Avec effort, je réajuste mon sourire. Satisfait, il fixe de nouveau la scène. Bientôt captivée par l'action, je m'abstrais de moi-même, des filles, du temps.

Je me réveille, en quelque sorte, à l'entracte, enthousiasmée et si joyeuse que Ted en est surpris.

— Je ne te croyais pas si gamine.

— Ne t'en fais pas, ça ne durera que le temps de la pièce.

Cet acharnement que je mets à avoir l'air forte...

3

L'atmosphère du restaurant de cet hôtel de la 45ᵉ Rue est un mélange de raffinement, de « m'as-tu-vu » et de décontraction. Ted sait toujours choisir les bons endroits. Un vrai gentleman. Les femmes doivent se pendre à son cou.

Il commande un double scotch. Ce soir, il a donc envie de se raconter. Les hommes, surtout les plus secrets, ne résistent pas à l'oreille compréhensive d'une femme. Ils s'épanchent d'autant plus volontiers qu'ils ont la naïveté de croire qu'aucune n'utilisera leurs confidences une fois qu'ils se seront ressaisis. J'aime écouter les hommes qui sillonnent ma vie. J'en retire une émotion particulière, un mélange d'affection maternelle et de devoir accompli. A vrai dire, les écouter est peut-être la seule façon de les posséder.

— Alors, Ted, ça ne va pas ?

Il me regarde, d'abord surpris, puis indécis. Enfin ses yeux s'embuent, et il baisse la tête.

— Tu veux en parler ?
— C'est difficile. Comment dire ? Je suis épuisé de courir à gauche et à droite. Plus je vieillis, plus j'accumule d'expériences, plus les femmes me déconcertent et plus elles m'échappent.

Toujours cette naïveté. Qui pourrait croire que cet homme à l'allure gagnante est en plein désarroi ?

— Il y en a sûrement une qui t'échappe plus que les autres pour que tu sois dans un tel état.

Son verre à peine vidé, il s'est empressé d'en commander un second. L'effet se fait sentir. Il parle. Sans arrêt, insouciant de l'entourage. Il se déverse. Seules comptent sa douleur et sa blessure. Quelques années auparavant, il a traversé un divorce comme on traverse la rue au feu vert, sans problème et sans heurts. Une poignée de main entre époux, et chacun repart de son côté. « Tu gardes la chaîne stéréo, je prends le magnétoscope. » Une rupture parfaite. Sans enfant, sans maison à se disputer. « Tu vas vers l'est, je retourne à l'ouest. » Changement de direction, faute d'émotion. Aujourd'hui, ce même homme connaît la défaite, la première de sa vie. Comment lui dire qu'il est enfin sauvé. Il ne comprendrait pas. Pas ce soir.

Alors, indulgente, j'acquiesce. Je le rassure. J'explique la résistance de cette femme. « Bien sûr qu'elle t'aime, mais elle ne peut pas sacrifier son travail à Boston pour venir vivre ici. » Histoire banale, sans intérêt. Histoire d'époque. Sauf que, cette fois, il a besoin de cette femme plus qu'elle n'a apparemment besoin de lui.

Il reprend sans cesse le même récit, jurant sur sa tête, celle de sa mère, celle de son père, qu'il n'est pas macho, qu'il admet l'importance pour cette femme de faire carrière, qu'il respecte son choix, mais que lui est dans l'impossibilité de quitter New York « where the action is » alors qu'elle, avocate, pourrait facilement y trouver un emploi équivalent, voire supérieur. Si elle refuse d'envisager cette hypothèse, et c'est cela qui le secoue le plus, n'est-ce pas parce qu'elle lui préfère sa profession ou, pire, qu'elle lui cache quelque chose ? « Quoi ? Mais quoi ? » répète-t-il avec entêtement.

Deux heures du matin. Rentrer à l'hôtel, je ne désire plus que cela. Ted insiste pour boire un dernier verre. Je refuse. Ne pas me laisser inonder davantage par ses émotions trop longtemps refoulées.

Il se lève avec difficulté, tente de marcher droit, mais doit s'appuyer sur moi pour rétablir l'équilibre.

— Allons, Ted, courage. Tout va s'arranger. Je t'appellerai de Montréal.

Il cherche à m'enlacer, appuie sa tête contre mon épaule et reste ainsi jusqu'à ce que je le repousse. Il insiste pour me raccompagner. Pas question. Cette nuit, chacun son taxi.

Le lendemain, il me tarde de retrouver Montréal. Un dernier rendez-vous, un saut au magasin pour acheter des pyjamas aux filles et je me retrouve dans l'avion, en début d'après-midi.

A. Aura-t-il laissé un message à mon bureau ? Sinon, attendre que l'envie de le voir, de le toucher surtout, soit moins forte. En finir avec lui comme avec les autres.

Après New York, toujours ce drôle d'effet en redécouvrant Montréal et ses immeubles parsemés le long de la voie rapide. Une ville provinciale, soit, mais où nous sommes chez nous. « Maman, le monsieur du magasin près de l'école ne parle pas français. C'est pas juste », a dit Marie l'autre jour. La relève est assurée.

Marie. Anne. Le pincement au creux de la poitrine en y pensant. Et si elles étaient malades ? Écarter cette idée. Elles sont en classe. Tout va bien. Ce soir, nous dînerons ensemble.

En pénétrant dans le bureau, je n'aperçois que la pile de messages sur le téléphone. Je dépose mon bagage et sors immédiatement incapable que je suis de décrypter les feuillets bleus. Cette pensée de A. qui me poursuit. La chasser comme une nuisance.

Je rejoins Paul et Louis en salle de réunions. Quel plaisir de les faire languir au sujet de l'opération financière de la Thaïlande !

— Alors, ça s'est bien passé ?
— Pas mal.
— Tu les as convaincus ?
— Peut-être.
— A quand la conclusion ?
— Oui, c'est gagné. Enfin, nous réussissons une percée en Asie. Dites merci à la dame.

Je m'amuse. J'oublie tout. Je vis.

Il est plus de cinq heures lorsque, enfin, notre réunion se termine. Les deux hommes me quittent.

— Ma femme m'attend depuis vingt minutes, lance Paul en nous bousculant gentiment. Je ne veux pas qu'elle soit fâchée, car je dois lui apprendre que je ne peux la rejoindre en Floride dans quinze jours.

— Ça t'apprendra à ne pas avoir épousé une femme du genre de Françoise, dit Louis.

— Alors là, ce serait le contraire. C'est elle qui annulerait.

Cruauté involontaire de Paul. Comment pourrait-il se douter que je ne suis qu'une femme en attente du pire ?

Les feuillets. Il faut bien retourner les appels. Je les pose devant mes yeux. Le premier, le deuxième, le troisième. Le quatrième... A. Poirier !... Le nom, inscrit à l'encre noire... Pas de numéro. Un simple : « Vous rappellera. »
Je reprends le feuillet, je relis. Pour le plaisir. Pour le fleur-de-peau provoqué par ces quelques mots insignifiants : « A. Poirier vous rappellera »...
Dès lors, je peux m'en aller. Plus rien n'est urgent. A part retrouver les petites, les embrasser, les respirer, rire avec elles. Puis me mettre au lit tôt, pour rêver à demain. Pour me repasser le message en tête encore et encore. Pour élaborer un scénario qui n'arrivera pas, que je ne souhaite pas. Je connais trop bien la fin de l'histoire.

Dès qu'elles ont entendu le bruit du moteur, Anne et Marie se sont précipitées au bas de l'escalier. Comme des chiots excités, elles me sautent dessus. Je crie, je proteste, les repousse et aussitôt les ramène à moi. Nous nous retrouvons toutes trois par terre sur la moquette. « Arrêtez, vous allez me décoiffer », « Marie tu me fais mal », « Chatouille-moi encore, maman ».

De longues minutes nous demeurons ainsi, couchées, enchevêtrées les unes sur les autres. Marie bavarde, intarissable sur les potins de classe qui l'excitent tant.

— Une telle s'est fait disputer parce qu'elle a mordu un enfant plus petit.

— Elle n'avait qu'à en mordre un de son âge, répond Anne.

— C'est vrai, maman ? Puis aujourd'hui, la sœur nous a demandé ce qu'on aimait le plus dans la vie.

— Qu'as-tu répondu, mon amour ?

— Que j'aimais pas la vie.

— Elle voulait se rendre intéressante, maman. Ne l'écoute pas, dit Anne.

— C'est faux, répondit Marie. Tu sais exactement pourquoi j'ai dit ça. C'est à cause de maman que papa est parti. Une fois que j'étais chez lui, à son appartement, je l'ai entendu dire au téléphone : « J'étouffais, j'en pouvais plus », il l'a répété trois fois. J'ai bien compris. La porte de ma chambre était ouverte.

Une lame de feu me transperce la nuque. Et je grelotte.

— Ton papa a eu raison, Marie.

— Non, maman, ne dis pas ça. C'est pas de ta faute.

Anne a à peine élevé la voix. Elle est restée

étendue à mes côtés alors que Marie, debout, me crie :

— Va-t'en. Je ne veux plus te voir. T'es trop méchante.

Je me tourne vers Anne. Figée, elle regarde fixement le plafond. Et Marie quitte la pièce en courant. J'entends claquer la porte de sa chambre.

Je me lève. Je remets mes chaussures. J'attends qu'Anne parle. Silence. Enfin, elle se lève à son tour, me frôle en passant, serre doucement mon bras et monte retrouver sa sœur.

Partir. Sortir de cette maison. Comme, à quinze ans, j'avais fui après avoir affronté mon père. Il était rentré soûl, comme d'habitude, et, à cause de je ne sais quel problème à l'usine, était d'une humeur massacrante. Mes deux frères et ma sœur s'étaient réfugiés dans notre chambre commune. J'étais restée à la cuisine avec ma mère qu'il injuriait, traitait de putain, de salope, de tous ces qualificatifs familiers dont nous étions nous-mêmes la cible à d'autres moments. Il exigea de manger. Ma mère fit griller un steak qu'elle déposa devant lui. Il en coupa un morceau, goûta et, fou de rage, hurla : « T'as fait exprès de ne pas poivrer, ma maudite chienne. Tu te penses plus forte que moi. Je vais te montrer qui est-ce qui mène ici. » S'emparant de la poivrière, il la décapsula et lança le contenu dans sa direction. Le geste trop rapide trouva ma mère sans défense et elle reçut le poivre en pleine figure. Jusque-là, je n'avais pas bronché. Mon père se rassit et continua de manger. Ma mère s'aspergeait les yeux et toussait à s'époumoner. Je me levai et fis trois pas vers lui : « Espèce d'écœurant, ne fais plus jamais ça de ta vie. Autrement, je te tue. » Renversant sa chaise, il bondit vers moi. Mais, plus prompte que lui, je m'emparai de la bouteille de bière et la levai à hauteur de sa figure : « Avance, si tu en es capable. » Il me regarda dans les yeux — ce fut, je crois, la seule fois de sa vie — et il sut que j'oserais. Alors, il recula. Je remis la bouteille devant lui et, avant que ma mère ne me rejoigne, j'étais déjà dehors.

Je me réfugiai à l'église. A l'heure où l'on ferma les portes, je m'accroupis sous un banc. Je passai la nuit dans l'obscurité quasi totale, sans dormir, avec pour seul réconfort la flamme vacillante des cierges et des lampions dont je respirais l'odeur singulière. Je ne trouvais pas la force de prier. Incapable de réciter : « Notre Père... »

Sur le pas de la porte, j'ai failli trébucher. Comme une automate, je remonte en voiture, démarre et baisse la glace. J'ai besoin que le froid me pénètre.

Mais où aller ? Une seule direction s'impose à moi. L'autoroute des Laurentides, vers le nord. Au-delà de la civilisation, monter à travers bois, jusqu'au lac immense, réservoir créé de main d'homme par l'inondation de villages entiers. Une mer intérieure sans âme qui vive, noire et menaçante.

Deux heures durant, je roule avec régularité. Me voici au-delà de l'autoroute. Je croise sans cesse des poids lourds qui m'aveuglent. La tête vide, je sens à peine mon corps. Une neige molle et mouillée s'est mise à tomber. Trempée, je grelotte. Il faudrait remonter la glace, mettre le chauffage. Interdit. Je suis condamnée à me rapprocher de la froidure.

La route se rétrécit, mais grimpe inexorablement vers le nord. De chaque côté, la forêt de conifères noircit davantage le paysage.

Le panneau vert indique Mont-Laurier. La route redevient boulevard. Les néons clignotants annoncent garages, restaurants, bars. Un hot-dog en plastique géant se détache sur fond de cathédrale, vision grotesque qui m'indiffère... Seul m'importe le fait que je me rapproche du but. Enfin, les lumières se font rares et la route se rétrécit de nouveau. J'accélère. Une trentaine de kilomètres encore et j'y suis. Je gèle. Tentation de remonter la vitre. Plus tard, après...

Bientôt, je reconnais les lieux. L'embranchement est tout près. Je ralentis, mais trop tard. J'ai dépassé le tracé à travers les arbres, à droite. Je freine. Les pneus glissent sur la chaussée. L'auto dérape sur l'accotement. Nulle peur. Dans le rétroviseur, aucune voiture en vue. Je fais marche arrière, tourne à droite et m'engage dans la petite route qui mène vers le lac.

Après quelques minutes, devant l'auto, un mélange de boue et de neige. La fin de la piste asphaltée. Quelques kilomètres de plus à parcourir. Les plus difficiles, les plus risqués. Les arbres se rapprochent, bruit des branches sur la carosserie. Au bout de ce chemin, les villages engloutis m'attendent. Sous des centaines de mètres d'eau, ils se réveillent. Et ils ragent.

Sur la gauche, une éclaircie. Ce passage mène à la grève. J'engage prudemment la voiture. Être seule à m'enfoncer.

J'éteins le moteur. J'ouvre la portière et je descends...

J'ai de la neige jusqu'aux chevilles, mais j'avance pas à pas. Terrifiée, je ferme les yeux, les ouvre et les referme.

Regarder. M'obliger à regarder. Débusquer ce qui se cache au-delà de la terreur, dans ce vide, sous cette eau d'encre. Où s'arrête la forêt ? Où commence le lac ? A tâtons, je m'accroche aux arbres qui craquent. Certaines branches cèdent sous la pression. Puis, mes mains rencontrent le vide.

Devant, au-delà, à perte de vue, une noirceur sans entraves. Le Baskatong... C'est lui! A cet instant précis, j'entends son grondement. Je crains que ma tête n'éclate de ce bruit qui a aussi une odeur. Il sent la glace. Il sent le bois des galeries des maisons noyées. Il sent la brique des cheminées éteintes.

Soutenir du regard cette immensité lointaine. J'en perds la vue. Ou, plutôt, mes yeux reviennent en moi, dans mon ventre. Mon ventre est un trou plus noir que le lac. Je voudrais m'y lover.

Marie! Anne! Je crie : « Marie! » Je crie : « Anne! » Le fruit, oui, le fruit de mes entrailles. Ma voix domine le grondement. J'affronte le lac. D'égale à égal. Je vois à travers lui. Je le défie. Je hurle : « Je te hais. Tu ne me fais pas peur. »

Des haut-le-cœur. Je reconnais le signe et m'avance sur la couche de glace qui cède sous mes pieds. Dans l'eau jusqu'aux genoux, penchée à l'avant, je me laisse vomir.

Une chaleur familière descend le long de mes cuisses, le long de mes jambes. Je me revois dans la cour de l'école, prise en flagrant délit de pipi dans mon costume de neige pour n'avoir pas osé demander à la religieuse la permission d'aller aux toilettes.

Claquant des dents, épuisée par l'effort, les pieds engourdis, toujours sous l'eau, je retrouve la sensation de soulagement et la honte du liquide chaud qui pique la peau. Alors, les larmes me montent aux yeux.

L'immobilité couleur d'encre redevient peu à peu un lac. Celui où je venais pêcher durant l'été, du temps de Jean. Me reviendrait-il s'il me voyait ainsi en cet instant ? Sans doute aurait-il trop peur de moi

Le tableau de bord indique une heure vingt. Je tourne la clé de contact, le moteur toussote, puis repart à la normale. Je remonte la glace, ouvre l'air chaud et retire ma jupe et mon collant. Les chaussures, deux blocs de boue, je les ai cédées au lac. A moitié nue, je grelotte, mais mon haleine brûlante renvoie l'air en buée. Je recule la voiture, me retrouvant sur le chemin à peine distinct de la forêt. Je repasse dans mes traces, encore visibles sous les phares. Près de quatre heures me séparent de Montréal.

Je devrai lutter contre le sommeil. Secouée par des frissons, je constate en me touchant le front que je suis fiévreuse. Et pas un pouce de mon corps qui ne soit endolori. Comme si l'on m'avait battue sans relâche, chaque geste m'arrache une grimace. Je ne sens plus mon pied sur l'accélérateur.

Les marques de pneus sont maintenant à peine visibles car la neige tombe d'abondance. La voiture glisse dangereusement dans la côte, et je dois retenir la pédale d'accélération. Freiner me déporterait dans le fossé, et j'ai maintenant conscience du danger. L'auto descend sans bruit jusqu'au carrefour de la vraie route, celle qui me ramènera vers les enfants.

A Mont-Laurier, je m'arrête pour faire le plein d'essence. Des camions-remorques attendent en file, et certains conducteurs m'observent avec une curiosité équivoque. Je n'ai que le temps de me recouvrir les cuisses de ma jupe dégoulinante. Je remets mes cheveux en place et m'applique du rouge à lèvres en détournant le rétroviseur. Ce soir, mon image ne doit pas être renvoyée par un miroir.

— Vous descendez à Montréal ? demande le pompiste.

— C'est ça.

— Vous devriez prendre un bon café. La route est glissante cette nuit. Vous avez tout intérêt à rester bien éveillée.

— Vous avez raison. Mais je n'ai pas envie de sortir de l'auto...

— Si c'est ça, je peux vous l'apporter. Crème et sucre ?

— Crème seulement. Merci.

Je lui suis reconnaissante. De quoi aurais-je l'air pieds nus, jupe mouillée dans ce snack-bar plein d'hommes sillonnant le Grand Nord avec, pour seules compagnes, des photos de pin-up?

La route balayée par la neige donne une illusion de flottement. Les bourrasques augmentent, et je dois me concentrer pour éviter de déraper. Je crains d'être envahie par la torpeur, mais me refuse à réduire le chauffage. « Je ne veux pas attraper mon coup de mort. »

Je me suis parlé à voix haute. Une manie copiée sur mon père ivre et dont je n'arrive pas à me débarrasser. « Coup de mort », combien de fois ma mère nous a-t-elle seriné cette expression lorsque, enfants, nous sortions l'hiver sans avoir noué le foulard ou enfilé nos culottes à grandes manches qui descendaient jusqu'aux genoux? Dire que je me comporte pareillement avec Marie et Anne! Non par conviction, mais pour assurer une continuité. Peu importe qu'elle soit ridicule.

A travers la poudrerie, les lumières de la petite ville luisent au loin. Plus que deux heures de route. Qu'il me tarde d'arriver! De me faire couler un bain trop chaud, de revêtir ma vieille chemise de nuit en flanellette et de m'enfouir au fond du lit. Quelques heures de sommeil pour effacer le mauvais rêve, puis me réveiller et retrouver le goût de la bataille et l'enjouement qui me protègent de l'autre moi. Sans la lassitude qui m'écrase, je trouverais une sorte de bonheur à conduire dans la tempête nocturne, le tableau de bord illuminé, tel celui d'un vaisseau solitaire dans l'espace. Fixant sans relâche la ligne blanche qui départage les deux voies, j'avance à vitesse réduite. L'hiver de nouveau. L'hiver jamais apprivoisé et qui me fait vieillir chaque mois de décembre. « Tu as été mon Enfant-Jésus », m'a répété ma mère jusque sur son lit de mort, quelques mois avant le départ de Jean. Il m'aura même volé mon deuil en partant. Je l'avais aimée distraitement, de peur qu'elle ne m'avale, mais, à sa mort, je me suis effondrée. J'étais encore remplie de son absence douloureuse quand Jean m'annonça sa décision. Ne pouvant souffrir de deux blessures à la fois, je recouvris de cendres celle de ma mère.

A la fin de sa vie, elle éprouvait un malaise devant ma réussite. « Je ne comprends pas ce que je t'ai semé dans le cœur pour te rendre si combative. » En visitant ma nouvelle maison, alors que je croyais l'enthousiasmer, elle était restée de marbre, n'avait prononcé qu'une phrase : « Non, c'est trop riche ici. Je ne suis pas chez ma fille. Je suis chez une étrangère », et avait changé de sujet. Plus tard, au cours d'une conversation téléphonique, elle m'avait mise en garde : « Il faut accepter d'être ce que le bon Dieu nous a faits. Trop d'ambition est un péché d'orgueil. — Mais la vie n'est pas faite pour être subie, maman, avais-je répliqué avec emportement. — N'insulte pas le bon Dieu, ma petite fille, Sa Volonté est toute-puissante. »

Le lit de Marie n'est pas défait. Je me précipite dans la chambre d'Anne. Personne. J'entre dans ma chambre. Elles sont là, enlacées, dans mon lit. Je résiste à l'envie de les embrasser, de crainte de les réveiller. Peur, aussi, des mots à entendre ou à dire.

Le matin est en train de rosir. Une fois dans le bain, en levant la tête, j'aperçois par le puits de lumière les flocons de neige qui viennent fondre sur la vitre chauffante. Puis je vais dormir dans la chambre d'Anne.

4

Je me réveille en sursaut. Neuf heures et demie. Me précipiter au téléphone pour informer le bureau de mon retard. Demander à Paul de s'occuper du client qui sera là à dix heures. Je me joindrai à eux en arrivant.

— Vous avez plusieurs messages, dit la secrétaire. Albert Poirier vous a téléphoné trois fois depuis ce matin. Il part tout à l'heure pour Toronto et insiste pour vous parler avant son départ.

« Il insiste. » Je ne retiens que ces mots. Eh bien, puisqu'il insiste, ne pas donner signe de vie. Laisser le silence occuper l'espace. Résister à l'envie violente d'entendre sa voix. Attendre.

Anne a pris bien soin de ne pas m'éveiller. Curieux que je n'aie pas senti sa présence alors qu'elle est entrée reprendre ses affaires. J'imagine son inquiétude hier soir alors qu'elle tentait en même temps d'apaiser sa sœur. Les avoir laissées seules ! Quelle irresponsable je suis ! Une mère indigne, aurait dit la mienne qui, de sa vie, ne nous a quittés que pour accoucher.

En sortant de la douche, je risque un regard dans le miroir. Cette femme que j'observe, est-ce bien moi ? Des cheveux noirs coupés court dont une mèche sur le front ombrage le regard, un visage reposé sur lequel il est difficile de deviner où s'insinueront un jour les rides. Un corps ferme, sportif, mais plein de rondeurs. « Tu es une femme d'hiver », disait Jean en me taquinant. « Les femmes maigres, c'est moins confortable, c'est bon pour l'été », ajoutait-il lorsque je me plaignais d'avoir le ventre rond depuis la naissance des enfants. Ce corps fait l'envie de mes amies, obligées de s'épuiser dans des exercices censés raffermir ce que la quarantaine menace. Je suis sans mérite, un médecin m'ayant dit un jour que je dépense toujours plus de calories que je ne pourrais en absorber.

Quant à cette énergie légendaire qui surprend mon entourage et en indispose plusieurs, j'en connais aussi la cause. Enceinte de Marie, j'avais accepté de faire partie d'un groupe témoin à l'Institut de recherche. En effectuant les tests réflexes, le neurologue, quittant son attitude neutre, poussait des soupirs admiratifs. « Dites-moi lorsque vous commencerez à sentir la vibration », demandait-il tout en envoyant, à l'aide d'une sorte de crayon, une charge électrique entre mes jointures. « Je la sens. — Vous êtes certaine ? — Oui docteur. »

A la fin de l'examen, m'ayant fait asseoir devant lui, hochant la tête, il me regardait comme on regarde un spécimen. « Que se passe-t-il, docteur ? avais-je demandé, vaguement inquiète. Il y a quelque chose qui ne va pas ? — Écoutez, madame, vos résultats correspondent à ceux que l'on obtient chez des personnes qui ont quinze ans de moins que vous et qui pratiquent le sport à un niveau de compétition. »

J'avais toujours cru que cette énergie reposait sur ma seule volonté. J'apprenais qu'elle était plutôt inscrite dans la chimie de mon corps. J'en fus presque déçappointée.

En mettant le pied dehors, je retrouve ce froid d'automne que le soleil brillant est devenu impuissant à combattre. La voiture, garée sur le côté de la maison, porte les traces de la veille : de la boue gelée accrochée au bas de la carrosserie. Cela me remémore un lointain événement. « Je ferai laver l'auto en arrivant au garage. » Je parle à voix haute de nouveau. Petite, j'agissais ainsi en public, ce qui déclenchait le rire autour de moi. Aujourd'hui, à défaut de pouvoir l'éviter, je ne me laisse aller que lorsque je me crois seule.

L'insistance de A. Après le plaisir, l'agacement. A vrai dire, seule la résistance m'attire. En amour comme en affaires, gagner sans bataille me laisse indifférente.

Toute ma carrière s'est construite sur ce modèle. En revenant d'Harvard, le MBA en poche, j'ai décliné une offre des HEC. Contrairement à beaucoup de confrères, je refusais l'idée de m'installer dans un emploi stable. Figer ma vie à cet âge m'affolait. Ce que je deviendrais, j'allais l'imposer. Chaque emploi occupé me serait exclusif. Personne avant, personne après. Je ne serais pas interchangeable.

Un premier travail d'analyste financier me permit de connaître le milieu où j'allais déployer mes ambitions. La surprise fut de découvrir que rares étaient ceux que le risque attirait. Ceux-là devinrent mes premiers alliés. Nous nous reconnaissions, tout en sachant que la première bataille nous retrouverait adversaires. Nous visions tous à gagner plus d'argent les uns que les autres, et la réussite de l'un devenait l'objectif à dépasser pour les autres. Après trois ans, à ce rythme, j'avais doublé mon salaire annuel.

Je jugeai qu'il était temps d'aller voir ailleurs. J'acceptai un poste de direction à la Bourse. On m'imagina enfin satisfaite. « La Bourse s'ouvre aux femmes », titra un magazine spécialisé. On me croyait comblée. Je n'étais qu'amusée. Et j'en profitais : contacts précieux, expérience nouvelle. On apprécia mon « dynamisme » ma « détermination », mais mon « goût du pouvoir » m'attira de virulentes critiques. Enfin, j'avais des ennemis. Je sus qu'on commençait à me prendre au sérieux.

A la recherche d'une expérience internationale, je démissionnai après deux ans. Incompréhension et ressentiment. « Voilà bien les femmes. On leur donne une promotion au détriment des hommes et, à la première occasion, elles abandonnent. »

Je parcourus le monde, négociant sous toutes les latitudes, dans des contextes absolument étrangers au mien et souvent face à des interlocuteurs qui acceptaient mal qu'on leur délègue une femme. Je m'imposais à leur corps défendant et, à la fin de certaines négociations délicates, il m'arrivait de saisir dans le regard des plus durs interlocuteurs une lueur d'admiration. Il ne me restait plus qu'à lancer mon entreprise.

Je fis appel à Paul et à Louis que j'avais connus

au début de ma carrière. Je serais leur patronne et eux mes associés. Ils aiment prendre des risques, mais calculés. J'ai plus d'audace. Le tout pour le tout. Ce matin, cinquante employés attendent mon entrée. Était-ce bien là mon rêve ?

A. et son impatience. Je crains maintenant qu'elle n'oblitère mon désir, me fasse perdre le contrôle de la situation. Alors je réussis à composer son numéro avec autant de détachement que s'il s'agissait d'un client anonyme.

— Un instant, je vous le passe, dit la secrétaire. M'efforcer de ne rien ressentir.

Les secondes d'attente me donnent de l'aplomb.

— Le Premier Ministre est plus facile à rejoindre que toi, dit-il.

Ce tutoiement me déconcerte. Vite, me ressaisir, ironiser.

— Alors c'est à lui qu'il fallait téléphoner.

— Écoute. J'avais le pied dans la porte. Je dois être à Toronto à treize heures. Tu dînes avec moi ce soir ?

— A quelle heure serez-vous de retour, cher monsieur ?

— Non. Tu ne comprends pas. J'aimerais que tu viennes me retrouver là-bas. Dis-moi que tu le peux.

Il ne lui reste qu'à fixer l'heure de l'étreinte !

— Je ne peux pas. Trop de travail. Rappelle-moi à ton retour, si tu veux.

— Si je veux ! Mais bon Dieu, si je veux... Ah ! Comment te convaincre ? Je suis tellement en retard.

— Alors, pars. A bientôt.

Gagné ! Le sort d'A. sera celui de tous ceux qui m'ont cédé. Pourtant, je suis furieuse. Cette histoire, il me faut y mettre un terme maintenant.

Pour m'aider, tout raconter à Charlotte. Surtout les détails. Lui en faire le récit, les livrer en pâture à son cynisme. « Mais ce qui t'attire, chez lui, c'est la baise, admets-le. » Voir défigurer mes émotions, ravaler mon désir. Pour m'en détourner.

— Claire, appelez-moi le bureau de maître Charlotte Landry. Informez sa secrétaire que je désire déjeuner avec elle. A notre restaurant habituel.

Elle viendra. Elle décommandera un autre déjeuner. Échange de bons procédés. Chacune son tour d'avoir besoin de l'autre en urgence.

Je ne verrai pas la matinée passer, alternant rendez-vous et réunions. Le travail comme oubli, quel avantage !

Le restaurant est déjà rempli. Ici, on déjeune entre hommes et on dîne avec l'épouse. Charlotte l'a choisi pour nos tête-à-tête, affirmant qu'il n'y a rien de plus excitant que de parler des hommes lorsqu'ils nous entourent et qu'ils s'imaginent que nous réglons des problèmes professionnels, comme eux. Elle et moi ne nous ressemblons guère. Pourtant, elle seule me rassure sur mes peurs. Sans doute parce que les siennes sont encore plus fortes. Et il y a cette connivence face aux hommes. Ceux qui passent dans la vie de l'une appartiennent d'une certaine manière à l'autre. Nous prenons un plaisir extrême à les analyser, à les évaluer, à tenter de les déchiffrer.

Les confidences entre femmes vont bien au-delà de ce que les hommes considèrent comme l'intimité. Eux éprouvent une espèce de jalousie impuissante face à l'affection que nous nous portons. Ils ne comprennent et surtout n'imaginent pas la nature des liens qui nous unissent. Ils se sentent exclus, étrangers même à cet univers dont ils sont pourtant le centre. Ils craignent d'être démasqués, dépouillés par le seul pouvoir de nos mots. En cela, ils n'ont pas complètement tort. Les aimerions-nous avec autant d'emportement si nous ne réussissions pas à tisser entre nous ces liens à la fois profonds et chaleureux qui nous permettent de les comparer pour ensuite mieux les comprendre ?

— J'ai aperçu deux de mes ex-amants entre la

porte d'entrée et la table, chuchote Charlotte en s'asseyant. Statistiquement, c'est une bonne moyenne. Ne trouves-tu pas ?

— Tu es hors normes, tu le sais bien, dis-je en l'embrassant.

— Permets-moi d'abord de te faire remarquer que j'ai annulé un déjeuner avec un confrère fraîchement divorcé pour être avec toi.

— Il ne va pas se remarier demain. Tu as encore une chance.

Nous rions. De bon cœur et chacune de son propre cœur.

— Je suis inquiète, Charlotte. Je commence une histoire avec un collègue. Marié, cinq ans plus âgé. Taciturne, comme je les préfère. Pourtant, j'ai le sentiment, cette fois, de ne pas être maître de la situation.

— Françoise, on se l'est déjà dit, un fantasme ne doit pas devenir réel. Laisse tomber.

— Tout à l'heure, je l'ai eu au téléphone. Il insiste pour que j'aille passer la nuit avec lui à Toronto.

— Vas-y, sachant que ce sera la dernière. Prends ton pied, puis bye, bye love.

De Charlotte seule, je tolère cette vulgarité qui m'est trop familière. Enfant, j'eus un choc le jour où, invitée dans la famille d'une petite amie, je découvris que son père s'adressait à eux sans proférer ces « putains », ces « chiennes », toutes ces injures qui servaient d'adjectifs au mien. A partir de ce moment-là, je compris que je n'appartenais pas à une famille normale et que je devais cacher cette tare aux enfants de ma rue. J'avais cinq ans.

Encore une fois, Charlotte a su me convaincre. Face à un problème, sa première réaction est souvent la bonne. C'est pourquoi je me range si facilement à son avis. En buvant mon café, je la regarde sans l'entendre, résumant plutôt le reste de la journée. D'abord me renseigner sur l'hôtel où A. est descendu et y réserver une chambre. Confirmer une place dans l'avion de vingt heures pour me permettre de voir les enfants avant de partir. Demander à Jacqueline, la gardienne, de rester à la maison pour la nuit. Ce départ précipité m'obligera à ne voir Anne et Marie qu'en coup de vent. J'éviterai ainsi les explications au sujet d'hier soir. Petite lâcheté qui m'arrange bien.

Charlotte est toute à son récit. Elle me donne mille détails sur la romance qu'elle s'apprête à vivre, établissant un scénario où le partenaire n'aura qu'à lui donner la réplique. C'est l'unique phase de ses aventures où elle est heureuse. Car, derrière la crânerie et la superficialité, elle camoufle une hantise de la mort que je croyais réservée aux hommes. Elle affiche son célibat comme une cocarde, « moi, me marier, je laisse ça aux banlieusards », car tout s'est écroulé pour elle à vingt-trois ans quand les médecins l'ont déclarée stérile. Elle qui rêvait, contrairement à beaucoup de ses consœurs en droit, d'élever une nombreuse famille voyait sa vie lui échapper.

Il ne lui reste que ces histoires sexuelles dans lesquelles elle s'engage chaque fois avec frénésie et dont elle ressort comme d'un mauvais rêve. Durant les périodes de continence, « ses sas » comme elle les qualifie, Charlotte déborde d'enthousiasme et de gaieté. Puis elle se rembrunit et se met en chasse de celui qui, durant quelques jours ou quelques semaines, partagera son lit. A trente-huit ans, elle n'arrive plus à comptabiliser les hommes qu'elle a étreints. Dans un moment de découragement, un jour, elle a inscrit sur une feuille des initiales, une centaine peut-être. J'ai dû lui arracher le stylo des mains.

Le coup au cœur. Je me surprends toujours à l'éprouver aussi fort quand j'aperçois les filles. Je klaxonne. Anne lève la tête et s'avance vers la voiture sans précipitation. Marie traîne derrière. Aucune ne s'assoit à l'avant.

— Je suis votre chauffeur maintenant ?

Elles sourient, gênées.

— Et on n'embrasse plus sa mère ?

Anne se penche, m'effleure la joue tandis que Marie reste figée à sa place.

— Marie, est-ce que j'ai droit à mon câlin spécial ?

Elle se penche à son tour et pose ses lèvres tout doucement sur ma tempe droite.

— Peut-on manger au restaurant ? demande Anne.

— C'est impossible, mon amour, je pars pour Toronto tout à l'heure.

— C'est pas vrai, lance Marie, l'air franchement dépité.

— Voyons, Marie, raisonne-toi, maman n'a pas le choix, elle travaille.

J'observe Anne dans le rétroviseur, la soupçonnant presque de deviner le but du voyage. Décidément, la culpabilité me fait divaguer.

Les petites ont choisi de se donner une contenance. Elles sont plongées dans une lecture studieuse. Mais il fait trop sombre pour lire.

Je roule doucement. Et si j'annulais tout... Seule la conviction de devoir en finir avec A. me retient. Il me faut extirper cette chose qu'il réveille en moi. Cette chose qui me dégoûte et m'attire et dont la seule pensée à cet instant risque d'éclabousser les petites. Me contenir pour plus tard. Ce soir. Là-bas.

Dans l'avion bondé, des hommes, l'allure affairée, l'air fatigué, retrouveront tout à l'heure femmes et enfants dans des bungalows de luxe où l'ennui les attend et qu'ils quitteront, de nouveau soulagés, pour s'enfermer dans des bureaux où ils croient avoir de l'importance. Quelques femmes, tailleurs, attaché-cases, la même allure, la fatigue fixée derrière le maquillage, voyagent sans doute pour des raisons identiques. Mais comment en être sûre ? Qui pourrait deviner, alors que je suis absorbée dans le *Financial Times* — je relis constamment le même paragraphe — dans quel tumulte je plongerai bientôt ? Et combien de Jean à bord qui s'apprêtent à fuir ? Combien de femmes fracturées qui me ressemblent comme des sœurs ? Immobile, je ne résiste pas à la lourdeur qui s'empare de mon corps et me le subtilise. La métamorphose commence. Une autre atterrira dans quelques minutes à Toronto.

Sheraton Center. Une chambre interchangeable au cœur de nulle part. Un endroit anonyme, aseptisé, dans lequel aucune passion ne laisse de traces. A. a choisi, sans le savoir, l'hôtel à la mesure des gestes que nous accomplirons cette nuit. Demain, rien n'y paraîtra.

Selon mon habitude, en pénétrant dans la

chambre, j'inspecte la salle de bains. Tout y est en place et en double.

Assurée qu'A. est sorti dîner, j'appelle à sa chambre. Sans laisser de message. Terminée cette époque où j'attendais dans le vague la sonnerie du téléphone, accrochée à l'appareil maudit. J'ai même traversé la moitié de l'adolescence enfermée dans la maison, beau temps, mauvais temps, dans l'espoir d'une sonnerie.

Je rappelle toutes les demi-heures. Entre-temps, je me réfugie dans les dossiers avec tant de concentration que je réussis à me soustraire à l'autre, pendue à l'heure qui file.

Onze heures trente. Je recompose pour la sixième fois.

— Allô !
— Bonsoir, dis-je avant d'être tentée de raccrocher.
— Françoise, où es-tu ?
— Chambre 1123.
— Ça n'est pas possible ! Pourquoi ne pas m'avoir prévenu ? Je monte tout de suite.
— Non, c'est moi qui descends.
— Je ne bouge pas.

Je ne bougerai pas non plus. J'attendrai que ça passe. Et au moment où il faiblira, j'agirai.

Face à lui...

Il ne me regarde pas, il me désire. Il ne parle

pas, il s'empare de moi. Et s'enfonce en lui-même. Au bord de la dérive, je me débats pour ne pas lâcher son prénom. Autrement, je suis perdue.

La brûlure ! Qu'elle remonte au creux des seins. Qu'elle enflamme ma poitrine. Qu'elle me soit refuge à l'abri de cet homme.

M'assourdir pour annuler l'effet des mots qu'il prononce.

A. m'abandonne. Au-delà de son plaisir, il m'oublie. Et me fait mal. Il laboure mon corps. Il heurte mon bassin, il me brûle à son tour. Plus il s'acharne, plus je subis, plus je résiste. Ma jouissance cède devant la colère. Je serre les dents, le regard tourné au fond du ventre. J'attends le moment de l'accélération de son souffle suivie de la plainte étouffée qu'il émettra jusqu'au râle. Soudain, il resserre la pression sous ma nuque. Il croit me reprendre en s'aventurant trop loin en moi. Il s'éloigne dangereusement de lui. Un étrange sanglot désarticulé sort de sa gorge. Des tremblements violents le secouent. Étendue sous lui, j'absorbe ses chocs successifs avec rage.

Après, il s'arrache à moi et s'abat à l'extrémité du lit avec des restes de plaisir, sons inaudibles qui se perdent dans le sommeil.

Plusieurs minutes s'écoulent. J'ouvre les yeux, frissonne, mais n'ose un geste. Que cet homme dorme, qu'il s'engourdisse.

Le plafond, les murs, les objets retrouvent peu à peu leur dimension réelle. Le temps reprend son rythme normal. En tournant la tête vers la fenêtre, j'aperçois les gratte-ciel éclairés qui se découpent dans la noirceur.

Un léger ronflement. Le signe attendu.

Avec précaution, je me laisse glisser du lit, puis m'immobilise. Aucun mouvement. Il dort. Je remets mes vêtements, ramasse ma clé et sors de ma poche le dollar que j'y avais plié. Je le déplie, le dépose par terre, bien en vue du côté de la reine et je le quitte après avoir subtilisé dans la salle de bains les deux sachets de mousse et la bouteille d'eau de Cologne dont l'odeur me donne des haut-le-cœur.

Une fois revenue dans la chambre, je réserve à l'hôtel Toronto, jette mes affaires dans un sac et quitte ce lieu où je reviendrai sans doute. Car rien ne s'est passé ici, ce soir. Venue pour une réunion, je suis descendue à l'hôtel Toronto où j'ai mangé seule avant d'aller dormir, vers vingt-trois heures trente. Demain matin, je retourne à Montréal et, demain soir, je dîne chez des amis. Dans le taxi qui m'emmène de l'endroit où je ne suis pas descendue, je prends conscience que j'ai oublié de vomir.

5

Durant quelques jours, je collectionne les feuillets bleus : « Albert Poirier vous a téléphoné, prière de rappeler. » En rentrant de Toronto, j'ai donné ordre à la secrétaire de me déclarer absente. Le premier jour où A. ne donne plus signe de vie, je déchire les feuillets un à un et les brûle dans la corbeille à papiers. Alors j'appelle Charlotte.

— Je ne te faisais pas signe, sachant que tu avais l'esprit ailleurs, dit-elle en entendant ma voix.

— Eh bien, ça y est, c'est réglé. J'ai suivi exactement ton conseil

— Comment te sens-tu ?

— A cet instant précis, mieux puisque je te parle. Mais, le reste du temps, je crois que j'ai peur.

— De toi ou de lui ?

— Voilà la question. Et toi, comment vas-tu ?
— Au beau fixe. J'ai gagné trois procès d'affilée.
— Et ta cause à toi ?
— En suspens ma chère... En suspens.

Les pieds sur le rebord de la fenêtre, je contemple la ville. À trop la quitter et à sans cesse la comparer, j'oublie de l'aimer. J'y ai grandi humiliée. Je croyais que c'était une ville anglaise. J'avais le sentiment que j'habitais le bon quartier, mais dans la mauvaise ville. Nous ne franchissions jamais la rue Saint-Laurent vers l'ouest. Aujourd'hui, c'est le contraire. Je mets rarement les pieds dans l'est. L'autre soir, à la télévision, j'ai entendu mon ex-professeur de sociologie devenu chauve, mais resté fidèle à la cause. Il déclarait sans broncher que le transfert de bourgeoisie — une répétition de l'Afrique après la décolonisation — a eu pour résultat l'affaissement du nationalisme et des luttes collectives ; il regrettait sincèrement cet état de fait. Je l'ai trouvé convaincant. Un jour, je déménagerai sur l'autre versant de la montagne « rejoindre le clan », dirait mon sociologue. Quand j'aurai perdu la dernière lueur d'espoir. Jean a toujours sa clé. Du moins, je veux le croire.

La neige commence à tomber. « C'est le plus beau pays du monde, quand il neige sur mon pays. » Ces vers d'Albert Lozeau, je doute qu'Anne et Marie les connaissent. Elles savent si peu des choses que j'ai apprises à leur âge. Par ma faute, elles sont déracinées. « Emmène-moi faire une balade en autobus », m'a demandé Marie l'autre jour en récompense de son bon résultat scolaire. Dans la parenté, personne n'a jamais possédé d'auto. Sauf un frère de ma mère qui vivait aux États-Unis. Il venait nous voir chaque été, toujours avec une nouvelle femme. C'était l'occasion de grandes beuveries, mais celles-là ne nous importaient pas, car nous avions la permission de nous asseoir dans sa Pontiac décapotable et, mon frère au volant, nous voyagions en rêve loin des cris et des rires gras qui nous parvenaient jusque dans la rue.

Je me souviens de l'incrédulité d'Anne et de Marie le jour où je les ai amenées devant la maison où j'ai grandi. « Vous viviez, toute la famille, dans cette petite maison-là ? — Eh oui, Anne, et ça n'était pas toute la maison, seulement le rez-de-chaussée. Quatre pièces, six personnes, quatre enfants dans la même chambre, les garçons dans un lit, les filles dans l'autre. On mangeait trois repas par jour, beaucoup de patates, de la viande hachée, des macaronis et du poulet rôti le dimanche. On jouait dehors hiver comme été et j'étudiais d'arrache-pied. Pour avoir la médaille d'excellence épinglée à mon uniforme ; on respectait les premières de classe. — Vous ne deviez jamais vous ennuyer, la maison pleine de monde ? — Non, Marie, je ne m'ennuyais pas. Mais je me sentais si seule. Parfois, la nuit, je me réveillais pour penser à ma propre mort. Je m'imaginais dans le cercueil, les mains jointes sur mon chapelet de première communiante en cristal de roche rose. Les gens défilaient devant moi en pleurant. Mon père me demandait pardon pour toutes ses méchancetés, ma mère, effondrée, m'avouait que c'était parce qu'elle me préférait qu'elle simulait l'indifférence à mon endroit. Mes frères, mes sœurs, mes oncles, mes tantes, mes amis, tous réunis, me louangeaient. Les larmes versées, la tristesse exprimée me plongeaient dans un bonheur trouble. Je me vengeais. Ils se sentaient tous coupables de ne pas m'avoir aimée vivante et d'avoir oublié mon importance. Je me rendormais avant que le directeur des pompes funèbres ne ferme le cercueil. Je ne mourrais qu'à la condition de soumettre les vivants. »

A la hauteur du quinzième étage, les flocons dansent comme s'ils allaient éternellement rester en suspension. En bas tout blanchit, s'épaissit, s'adoucit. Tout à l'heure, la voiture roulera sur un tapis à travers les rues bordées de bancs de neige. Je ne me résous pas à partir.

Sous mes yeux, la cathédrale. Que de messes j'y ai entendues lorsque, étudiante, je travaillais l'été dans un magasin du centre ville. Durant l'heure du lunch, je venais m'y recueillir. Ma foi s'ébranlait contre ma volonté. J'aimais croire en Dieu, en l'Esprit-Saint surtout. Je confessais mes doutes à des prêtres qui sentaient le tabac et ne trouvaient pas les paroles pour me rassurer. « Priez, Dieu n'abandonne pas ses brebis. » L'idée des moutons ne m'inspirait pas. Je rêvais de la France où l'on pouvait être intellectuel et croyant. Je lisais Simone Weil, Gabriel Marcel, Emmanuel Mounier. Au fond du confessionnal, je me désespérais.

Je parle de Dieu aux enfants. Je L'ai trop fréquenté pour les Lui soustraire. Je voudrais qu'elles y croient pour moi. Anne m'a dit un jour : « C'est difficile de croire en Dieu quand on apprend que la vie a commencé par le Big Bang. » Je n'ai pas su quoi répondre. Elle a le don de me désarçonner. « Tu as entendu parler du Big Bang, maman ? » J'ai dit : « Oui, c'est le grand trou noir. — En science, t'es béotienne, vraiment », a-t-elle ajouté. Que pouvais-je lui dire sur Dieu dans ces conditions ? Cela m'a rendue triste.

La neige tourne en poudrerie. Je me lève. Cérémonial de l'hiver. Ôter les chaussures, mettre les bottes fourrées, glisser les souliers dans le sac (en plastique pour tout le monde, en tissu pour les gens chics, le mien est en plastique), revêtir le manteau de fourrure, les gants de peau, le bonnet russe et foncer dans la tempête.

Dans l'ascenseur, les gens boutonnent les manteaux, nouent les foulards : « On prévoit 35 centimètres. » « Demain on annonce moins 25°. » Échange banal sur le froid inéluctable, interminable, qui nous engourdit tous.

Je m'avance tête baissée dans la bourrasque et sens la morsure de la froidure sur mon visage. Une caresse.

« Aujourd'hui, vingt-trois novembre... », dit l'annonceur à la radio. J'avais oublié ! Il y a quinze ans, jour pour jour, je rencontrais Jean chez des amis. Il avait neigé si tôt cette année-là que nous avions skié durant l'après-midi. Lui était arrivé plus tard, seul invité que je ne connaissais pas. J'avais lu ses articles polémiques sur la destruction des vieilles maisons du centre ville, mais, en tant qu'architecte spécialisé en restauration, je m'étais dit qu'il défendait ses intérêts. En lui serrant la main, ce fut plus fort que moi : « Ah ! c'est vous le défenseur du patrimoine qui veut enrichir les architectes. » Il resta de marbre. Mes amis me jetaient des regards ahuris. J'avais cédé à mon besoin stupide de provocation. Je me terrai dans un coin et entrepris une conversation avec la femme d'un ingénieur, recyclée dans la poterie depuis que ses enfants adolescents ne réclamaient plus son maternage. Elle se révoltait, disait-elle, à l'idée d'avoir si longtemps accepté d'être une épouse soumise. Je lui fis remarquer qu'elle avait bénéficié, tout ce temps, de la sécurité matérielle. J'éprouvais de l'agacement, de l'agressivité même face à cette convertie qui épanouissait son moi dans des activités dites de création. Je n'avais jamais compté que sur moi-même. J'estimais que cette femme ne pouvait à la fois rejeter son mari et ses enfants et vivre en femme entretenue. Si pathétique que fût le brusque réveil de la conscience de son inutilité, cela n'excluait pas le courage. J'avais trop lutté pour rompre avec la loi de ma mère soumise pour accepter un tel exemple. Mais je ne poussai pas plus loin la discussion. J'avais assez gaffé.

Le dîner avait duré des heures autour d'une fondue bourguignonne. Je me rappelle même les sauces : à l'aneth, au curry, au roquefort, au yaourt tomaté. Le Santenay coulait comme ruisseaux au printemps. J'épiais Jean. Il causait avec un journaliste drôle, bavard et pique-assiette que tout le monde invitait pour son charme. Jean souriait et je remarquai que la gravité de son regard n'en était pas atténuée pour autant. Je cherchais son attention. En vain. Mon malaise augmentait. Le vin aidant, je me liquéfiais. Jamais je ne lui adressai la parole. Jamais il ne me parla directement. Mais, progressivement, les autres s'évaporèrent. À travers le flot de mots et de rires sonores de notre bande joyeuse et un peu ivre n'exista plus que l'extrême tension de notre désir mutuel.

Les essuie-glaces encombrés aux extrémités de neige transformée en glace n'arrivent plus à nettoyer le pare-brise. Par prudence, j'immobilise la voiture et sors précipitamment pour gratter la vitre. Le vent m'empêche de respirer, mais cela m'incommode à peine. Engouffrée dans mes pensées, j'étouffais davantage. C'est la première fois que je laisse le souvenir émerger ainsi et je constate que ce voyage dans le temps de Jean représente une victoire sur la chronologie. J'ai reculé dans le passé sans que la brûlure s'allume au creux de la poitrine. Le serrement est remonté à la gorge. Il est plus près du cri.

À la maison, je retrouve les filles comme je les préfère : enjouées, rieuses, excitées. Demain, la ville sera paralysée. À la radio, on annonce la fermeture des écoles et l'on conseille aux gens de rester chez eux. Pour Anne et Marie, la fête s'installe. J'entre dans le jeu car je trouve une joie indicible à assister au déchaînement des éléments. Je ne résiste pas aux lois de la tempête.

Je fais servir le dîner dans ma chambre, devant le foyer. Les bûches d'érable sec brûlent dans une pétarade de feu d'artifice. Les enfants pouffent de rire à chacune de mes remarques, et je feins de m'en offenser pour augmenter leur plaisir. Encouragée par mon attitude, Marie décide de m'imiter : lèvres serrées, sourcils froncés, tenant d'une main un combiné imaginaire, elle se lance dans un monologue absurde où reviennent constamment les mots bilan, marché, capitalisation, rendement. Cela m'est intolérable. Soudain, dans la chambre chaude protégée de l'intempérie, face aux deux petites emportées par une gaieté communicative, j'éclate en sanglots.

— Oh! maman, qu'est-ce que tu as? On n'est pas bien ensemble?

— Ça n'est rien, Anne. Trop de fatigue accumulée, sans doute.

— Tu travailles trop, maman, renchérit Marie qui, heureusement, n'établit pas de lien entre l'imitation et mes larmes.

— On a assez d'argent, dit Anne. T'es pas obligée de devenir multimillionnaire. L'argent ne fait pas le bonheur, comme tu m'as déjà dit. Puis, un jour, on va en gagner pour toi. Chacune son tour.

— Oui, et on va t'acheter le gratte-ciel où est ton bureau, si t'en as envie.

Je souris à travers les pleurs. J'ai tant souhaité que mes enfants échappent aux réalités de l'argent. Qu'elles ne comptabilisent pas en dollars leurs joies et leurs plaisirs comme je suis portée à le faire ainsi qu'on me l'a appris. En revanche, j'ai peine à supporter leur insouciance. « Si tu es sage, Marie, tu auras de nouveaux skis pour Noël. — Des skis, ça n'est pas un cadeau. » Elle a raison. Des skis, des souliers, des chandails, des voyages en avion au bout du monde, de grands hôtels, c'est la routine pour elles. Je ne m'y habituerai jamais.

Depuis plusieurs mois, j'éprouve de grandes difficultés à me concentrer pour lire. Anne et Marie enfin endormies : (« T'es sûre, maman, que tu peux dormir seule ce soir ? — Oui, Anne, ne t'inquiète pas »), bien calée dans mon lit, entourée d'un silence qui semble tout à coup moins menaçant, j'ai envie de reprendre Tolstoï. De retrouver Anna Karénine et de revivre à travers elle des émotions qui ne seront pas les miennes, qui me délivreront, où je replongerai dans l'atmosphère si familière de la passion coupable. « Les familles heureuses se ressemblent toutes ; les familles malheureuses sont malheureuses chacune à leur façon. » Je referme sur-le-champ. Familles, malheurs, ces mots, des flèches empoisonnées. L'éclaircie que j'avais cru apercevoir n'était donc qu'un mirage. Rompu le silence.

Le martèlement dans mes oreilles. Instinctivement, je tâte ma gorge, mon cou. Je cherche la marque du mal qui me tue à petit feu. Une bosse qui me délivrerait ; qui fixerait dans mon corps, à un endroit palpable, localisé, cette terreur qui voyage en moi et ne laisse intact aucun repli.

Pour être certaine de trouver, descendre vers les seins. C'est là qu'on découvre la dureté douloureuse, signe de grossesse, les perles jaunes au bout des mamelons qui nous transforment en nourricières, et les masses indolores, annonciatrices de mort.

Les yeux clos, mes doigts font doucement le tour du sein droit, chaud et ferme. Rien. Il n'y a rien ! Pourtant, il le faut ! Avec plus d'application, je recommence.

Sous l'index et le majeur, je sens une rondeur. La chose est là ! Une petite excroissance. L'anomalie souhaitée. Exactement sous le mamelon, la mort à portée de doigts.

Je retire la main. J'entends les battements

affolés de mon cœur. Je roule sur le ventre et, la tête enfouie dans l'oreiller, je hurle.

La gorge en feu, je me remets sur le dos. De nouveau, je creuse la chair. La chose a disparu, je ne sens que les côtes. La retrouver, il me faut la retrouver. Et avec elle, la panique sèche et froide de la lame de couteau.

Les yeux toujours fermés, je recommence. Je contourne le sein minutieusement de gauche à droite. Ici, au-dessus, n'était-ce pas là ? Rien. Je l'ai perdue !

Affolée, je refais le geste au ralenti. Cette fois, je la tiens ! la chose roule sous mes doigts tel un grain de chapelet.

La peur, enfin déplacée. Circonscrite dans le sein qui s'alourdit, qui éclate de sa peau, recouvre la poitrine, qui descend vers le ventre, emprisonne le sexe, puis remonte à la tête et s'y installe. Je ne suis plus qu'un énorme sein. Mon corps, délivré, m'a quittée.

Étendue sur le lit, les bras et les jambes écartés, immolée, j'attends. La petite boule est une bombe à retardement. Le temps la vaincra. Je retire ma chemise de nuit et me glisse par terre sur la moquette trop douce. Ma peau brûle. Le froid seul me sauvera. Me relever, sortir de la chambre, parcourir le long corridor et ouvrir la porte de la terrasse.

La froidure m'encercle. Je m'avance dans la neige, m'agenouille, puis enfonce la poitrine dans la blancheur laiteuse. Je recommence encore et encore. Autour de moi, les empreintes des seins forment des cavités aussitôt balayées par la poudrerie.

Dans l'eau brûlante du bain, je reprends mes esprits. Le sein droit a retiré ses tentacules et est revenu se loger dans son enveloppe. J'avance la main pour le toucher, mais la retire. Inutile de chercher. Mon corps épuisé et courbaturé reprend vie. Plusieurs minutes s'écoulent. Le bain tiédit. J'enlève le bouchon et regarde l'eau disparaître. Couchée dans la baignoire à moitié vide, grelottante, je me concentre sur le déplaisir que cela me procure. Un désir violent, brutal, celui d'un homme sans visage, sans nom, sans parole, me secoue. Accablée, je me relève. Un liquide brûlant coule le long de mes jambes. Dégoût.

Après avoir récuré à fond la baignoire pour la purifier, je l'emplis de nouveau et m'y replonge. A mon tour d'effacer les traces de souillure.

Anne avait raison. Cette nuit, je ne dois pas dormir seule. Anne, dont le sérieux m'intimide, saura-t-elle échapper à ma folie ? Quand elle revient de chez Jean, elle ne m'embrasse jamais et évite de me toucher durant quelques heures. « Je ne peux pas vous aimer tous les deux en même temps, m'a-t-elle répondu un jour où je lui en avais fait la remarque. — Mais avant ? — Avant c'était différent. Maintenant je suis dédoublée. »

J'entre dans sa chambre. Elle est couchée, la tête au pied du lit. Je la tourne sans la soulever. Trop lourde déjà. Elle marmonne dans son sommeil. Je m'étends à ses côtés, la ramène avec le bras vers mon ventre et, collée à elle, protégée de tous les maux, je m'apaise et m'endors.

En ouvrant les yeux, je l'aperçois, l'air radieux, penchée au-dessus de moi.

— Tu as couché toute la nuit avec moi ?

— Oui, mon amour. Je m'ennuyais de toi, alors je suis venue te retrouver.

— Ne le dis pas à Marie, elle va en être jalouse.

— La prochaine fois, ce sera son tour. Allons, dormons encore un petit coup.

— Fais-moi une « gratte » dans le dos, ça va m'aider à me rendormir.

Je m'exécute. La « gratte » dans le dos, un héritage de ma grand-mère auquel ma mère s'est soustraite — « j'ai autre chose à faire que de te gratter » — et que j'ai transmis à mes filles pour que perdure le geste

— C'est pas juste, crie Marie qui vient d'entrer et se jette sur le lit à pieds joints. Tu as dormi avec elle, maman ?

— Oui, ma chérie. Toi, tu bouges comme un ver de terre. De toute façon, je te promets que la prochaine fois, tu viendras dans mon lit.

— On mettra des oreillers entre nous, comme ça, je ne te donnerai pas de coups de pied.

— Alors, qu'est-ce qu'il se passe dehors ?

— On ne voit plus les autos. Il y a au moins dix mètres de neige dans la rue, assure Marie.

— Ma pauvre fille, dit Anne, tu n'as pas le sens de la mesure. Tu exagères tellement qu'un jour plus personne ne te croira. Tu vas avoir des problèmes dans la vie.

— Laisse-la tranquille, Anne. Avec une imagination pareille, elle ne risque pas de s'ennuyer. Et qui sait : peut-être qu'elle écrira.

— Ça paye, écrire ? demande Marie.

Je les regarde. Une bouffée d'amour m'envahit. D'autant plus forte que je sais la fragilité de mon émotion. Mes enfants me sont étrangères aussi parce qu'elles appartiennent à leur père. Et cette partie d'elles-mêmes, je la rejette malgré moi.

— Venez. On se lève, on mange, et je vais jouer dehors avec vous jusqu'à midi.

— Ça, c'est la belle vie ! lance Marie en se jetant sur nous.

6

A travers le hublot du Boeing 747, j'aperçois, à la limite de la piste asphaltée, des corps immobiles étendus sur la terre brunâtre. Bombay, cinq heures du matin, escale obligée avant d'atteindre Bangkok. Ma première image de l'Inde ; une émotion accentuée par la fatigue.

Les deux jours passés à Paris m'ont épuisée. Je venais y ratifier un accord négocié par Paul et je me suis retrouvée devant un partenaire français qui se désistait après avoir donné sa parole. J'aime l'idée de faire des affaires en France. Sentimentale, déclare Paul chaque fois que j'exige qu'on y monte une opération. Pourquoi m'en défendre ? C'est par attachement que je m'entête à continuer, en dépit des expériences décevantes. « En affaires, les Français ne respectent pas leurs accords », répète-t-on autour de moi, où l'on n'est pas loin de considérer mon penchant profrançais comme une faiblesse. Avec les Américains, tout est si simple. Une confirmation téléphonique prend valeur de signature. Mais j'aime la France et je n'arrive pas à en faire mon deuil. Juste l'idée d'y avoir un compte en banque me touche. J'ai plus d'argent dans ce pays que n'en ont jamais eu mes ancêtres réunis. Avoir du bien où sont mes racines me fait exister davantage. Transmettre ce sentiment à mes filles.

En sortant de l'appareil, une odeur insoutenable me fait reculer. Des relents d'égout, de boue, d'épices et de sueur m'enlèvent toute envie d'explorer l'aérogare dont je n'arrive pas à deviner si elle est en construction ou en démolition. Le long du grand corridor blafard, les coloris vifs des saris contrastent avec les visages harassés de dizaines de gens entassés les uns sur les autres, en attente d'avions en retard. Des vendeurs m'offrent des taj-mahals en plastique fabriqués en Corée comme les totems indiens de l'aéroport de Montréal.

Je regarde les femmes dont plusieurs portent des bébés. Un fossé nous sépare et pourtant nous partageons le même destin. Je l'ai compris quand j'étais enceinte. J'ai longtemps fui les féministes qui proclamaient la guerre des sexes. J'avais trop de raisons de le faire. « C'est l'homme qui mène à la maison », avait dit mon père en refusant de donner un sou pour nos études à ma sœur et moi. « Les femmes trop instruites, ça n'est plus des femmes », avait-il ajouté pour clore la discussion. Les religieuses nous avaient donné des bourses d'études. Il avait gueulé : « Il faut qu'elles travaillent pour payer une pension ; autrement qu'elles débarrassent la maison. » Sœur supérieure lui avait téléphoné car il refusait de la rencontrer. Que lui avait-elle dit ? Je ne l'ai jamais su. Il avait cédé, mais en exigeant qu'on travaille les weekends. Le dimanche soir, nous lui remettions notre enveloppe de paye et, le lundi soir, il ne rentrait pas avant minuit. Il allait manger dans un steakhouse célèbre où se retrouvaient les « big shots ». Ce restaurant appartenait à la pègre, affirmaient mes frères. Je rêvais qu'éclate une fusillade et que, par erreur, il soit mitraillé.

Au moment du décollage, alors que les moteurs tournent à plein régime et que l'avion reprend son envol, les corps immobiles aperçus à l'atterrissage lèvent la tête vers l'appareil qui a mis un terme à leur nuit. Calée dans mon fauteuil de première, je me refuse à éprouver de la mauvaise conscience face à cette misère. A quoi servirait-elle, sinon à me rassurer moi-même ? Trop facile. Faire métier de s'enrichir tout en se sentant coupable, rien de plus détestable. Et je sais que ces pauvres n'ont que faire de ma révolte.

Pourtant, à vingt ans, banalement, j'ai espéré changer le monde. La misère de chez nous m'intéressait moins que celle d'ailleurs qui me permettait de voyager. De plus, j'étais sûre que nos pauvres me voueraient moins de reconnaissance que ceux du tiers monde. Je faillis donc partir pour l'Afrique dans le cadre d'un projet de coopération bénévole. Aider des Noirs, quelle chance !

Quelques semaines avant le départ, j'avais rencontré une étudiante revenue du Mali dans un état de délabrement physique qui me bouleversa. Dans mon élan généreux, j'avais oublié les risques que comportait l'expérience. J'eus peur. Je ne voulais pas mourir au fond de la brousse. Je me jugeai lâche. Je n'avais ni les qualités de l'héroïsme ni le courage de mon idéal. Alors j'irais à contre-courant de mon milieu. Je gagnerais de l'argent. Beaucoup d'argent. Pour en être enfin délivrée.

J'achète les choses sans jamais demander le prix, mais je m'en suis assurée en jetant un bref coup d'œil sur l'étiquette sans que le vendeur me voie. Les rares fois où j'ai accompagné ma mère dans les magasins, à la fin de sa vie, je la scandalisais en agissant de la sorte. Et elle était dupe de mon manège. Plus le prix était déraisonnable, plus j'achetais ; plus elle poussait des soupirs découragés, plus j'y prenais plaisir. Je lui offrais des vêtements si dispendieux qu'elle ne les portait pas. Elle attendrait l'occasion, disait-elle. Celle-ci ne se présentait jamais. Dans son cercueil, elle étrenna une robe que j'avais payée mille dollars. J'y trouvai une certaine consolation.

Enfant, il m'arrivait de provoquer mes pleurs à la seule pensée de ma tristesse solitaire. J'en retirais une satisfaction bizarre, rassurante, inavouable. Adolescente, j'écrivais à mes amies des lettres dans lesquelles je décrivais dans le menu détail des sentiments que je n'éprouvais pas : « Tu me manques. Au moment où j'écris ces lignes, mes yeux s'embuent. » C'était faux, alors je crachais sur la feuille la salive que ma correspondante prendrait pour des larmes. Je voulais tant être aimée et j'y arrivais si mal. Je suscitais davantage l'envie que l'affection. J'avais tendance à accentuer cette jalousie à mon endroit pour voir jusqu'où on pouvait me haïr. Je poussais les gens à me rejeter et les entraînais au bout de leur rejet. Cela justifiait la panique enfouie au fond de moi. Avec l'âge, il me semble que je l'ai transformée. Quand je me bats dans le travail, je ne la sens plus, elle est anesthésiée. Chaque victoire, cependant, la réveille. Pour l'engourdir de nouveau, une nouvelle bagarre m'est nécessaire. « Je voudrais bien avoir ton esprit de compétition », me dit parfois l'un ou l'autre de mes associés. Je ne vous le souhaite pas, suis-je toujours tentée de leur répondre. Je n'ai de répit qu'avec Anne et Marie dans des moments de grâce, comme durant cette journée enneigée de la semaine dernière. Ou au début des fleurs de peau, la première nuit de fièvre avant que la fêlure réapparaisse.

Dormir. Pour ne plus penser. Pour ne plus avancer vers cet inconnu trop connu. Je tire la couverture au-dessus de ma tête ; un geste du passé lorsque dans le lit je cherchais le sommeil, terrorisée par les fantômes que la présence de ma sœur à mes côtés n'arrivait pas à chasser. J'avais même découvert le moyen de m'endormir. Je rêvais d'être enfant de chœur, un désir impossible à combler pour une fille. J'assistais assidûment à la messe en semaine et je notais toutes les erreurs que commettaient ces garçons indignes de porter la soutane et le surplis. Je connaissais la liturgie par cœur et répondais à voix basse, en même temps que le servant, dans un latin précis que je pratiquais en relisant fréquemment l'office dans mon gros missel vespéral doré sur tranches, un prix de fin d'année. Les nuits d'insomnie, je me mettais en scène revêtue de la soutane rouge et du surplis de dentelle empesé des jours de fête. J'entrais dans le chœur, précédant le prêtre, je m'agenouillais auprès de lui au pied de l'autel et je commençais le *Confiteor* en me frappant la poitrine avec une ferveur sans retenue au moment où, haussant la voix, je proclamais : « *Mea culpa, mea culpa, mea maxima culpa.* » Quelle exaltation me procuraient ces gestes sacrés qu'enfin j'étais autorisée à faire : me signer le front, la bouche et le cœur au moment de l'Évangile, incliner la tête en transportant les burettes, me prosterner bien bas en sonnant la clochette durant l'élévation. J'y trouvais l'apaisement avant le sommeil. Sous ma couverture, à douze mille mètres d'altitude, me remémorer cette liturgie me berce et me dérobe à ma conscience.

Les klaxons, la chaleur, la saleté, une foule en T-shirts de laquelle se détachent les bonzes orangés, ce premier contact avec Bangkok m'écrase. Qu'est-ce donc que cette ville laide, qui sent mauvais et offre en prime le spectacle désolant de ses habitants traversant les rues au pas de course dans toutes les directions ? Malgré mon immense fatigue, j'aurais envie de descendre du taxi, de me mêler à la masse grouillante, de m'en imprégner et de m'y perdre subitement. Ne plus connaître mon propre nom, m'adresser la parole comme à une étrangère jusqu'à ressentir, entre cette autre et moi, un espace physique semblable à celui, à peine visible mais réel, qui sépare les immeubles à Tokyo où la mitoyenneté n'existe pas. Cette fracture accomplie, laisser l'autre partir en tenant son cœur pendu à une ficelle, tel le sourcier à l'affût de la veine souterraine Pendant ce temps, la tête froide, le regard séducteur et la parole affirmée, je négocierai avec des Thaïs trop gentils et obséquieux pour ne pas être suspects. Je fermerai les yeux car, tout de même, je ne représente pas un comité de défense des droits de l'homme et n'ai que faire de mes hoquets moraux, rappel nostalgique de mon passé « sciences sociales ». Le plaisir de me mépriser. Je l'éprouve intensément à cet instant.

A., devenu impalpable depuis Toronto, surgit au centre de ce plaisir. Ne pas m'en défendre, pour accentuer le mépris. Pour qu'il m'isole de l'autre. Pour que la cassure soit irréparable.

Or, à mon insu, la pensée de A. tend à me ressouder.

L'odeur de la soudure au fond de ma gorge. Un parfum ferreux, brûlant, celui se dégageant de mon père, un fer dans la main droite, une larme métallique entre le pouce et l'index de la gauche. Un geste délicat réservé à l'objet sur lequel, penché, il dépose une perle argentée, la fond, puis la répand dans les interstices avec l'arme singulière. Pfitt... J'entends le bruit des étincelles, immédiatement suivi de l'odeur et de l'arrière-goût dans la bouche. Une cérémonie païenne, fascinante comme la messe.

Le chauffeur est tourné vers moi et m'observe. Depuis combien de temps sommes-nous arrivés ? Devant l'hôtel, un palace, refuge pour clients dont les audaces en pays exotiques sont tempérées, assurés qu'ils sont de trouver en fin d'excursions une chambre semblable à celle qu'ils ont laissée chez eux. Je ne descends que dans ces hôtels. Je m'y sens davantage protégée. Les riches attaquent moins les femmes. Ils ont d'autres moyens de les attirer vers eux.

Cette impression, chaque fois que je pénètre dans une chambre d'hôtel, qu'elle peut être le lieu ultime d'une vie arrachée à ma propre vie. Un temps éclaté, infiniment plus lent ou infiniment plus accéléré. J'inspecte la salle de bains, puis je me rends à la fenêtre. Le Chao Phraya, tache mouvante, grise et huileuse, est encombré d'embarcations de toutes sortes qui se frôlent, s'évitent, se contournent avec la même frénésie que les voitures dans les rues. Un fleuve. Difficile de désigner de ce nom tous ces cours d'eau étroits qui baignent les grandes villes, quand on est né au bord du Saint-Laurent. Être héritière de l'espace, quelle espérance !

Quatorze heures. Ted atterrit à dix-huit heures. Je ne l'ai pas revu depuis New York et, dans nos multiples conversations téléphoniques, il n'a jamais fait la moindre allusion personnelle. Étonnante, cette façon qu'ont les hommes de compartimenter leur vie. Je leur envie cette marque de faiblesse qui, dans l'action, se révèle une force. Le jour où j'ai quitté Marie avec 40 de fièvre alors qu'elle couvait une pneumonie, j'ai échoué dans la phase finale d'une négociation. Toutes les quinze minutes, je m'excusais pour aller téléphoner à la maison. Rien d'autre ne comptait. Mes interlocuteurs l'ont bien compris.

Ted. Espérons que je n'aurai pas à jouer la consolatrice à Bangkok. Le dépaysement et la distance favorisent les confidences. Assise sur le lit, j'hésite, partagée entre l'envie de dormir et celle d'explorer la ville. Mais il me faut être raisonnable, les négociations débutent demain. Je n'ai jamais négocié avec Ted devant des étrangers. Curieuse de voir son comportement. Je me souris à travers le miroir. Est-ce par cette image que je séduis ? Je me regarde avec plus d'attention, j'efface le sourire, je le remets en place. Impossible de trouver sur mes traits et dans mon regard l'endroit précis qui provoque le désir des hommes.

Il est temps de dormir. Je me déshabille et, pour conserver la tiédeur un peu collante de mon corps, je me couche, sans me doucher.

Je me réveille maussade, pareille aux enfants après la sieste. Toutes ces heures perdues. Aurai-je seulement le temps de me balader, d'acheter quelques souvenirs aux filles ? Épuisée, je n'ose bouger, même pour regarder l'heure. Qu'est-ce que je suis venue faire ici ? La réponse est simple : me battre, me griser d'illusion. Je veux cette participation, m'étais-je dit avant de convaincre Ted. Je l'aurai. Après l'Amérique du Nord et l'Europe, repousser les frontières. En classe, on nous incitait à développer l'esprit missionnaire. Construire des hôtels plutôt que des chapelles, est-ce si différent ? Ce pincement de la conscience au moment d'empocher ; à peine une égratignure.

J'allume la lampe de chevet. Vingt heures. Ted est en retard. A tout hasard, téléphoner à sa chambre.

— Je rentre. Fourbu. J'ai encore la valise à la main. Et toi ?
— Ça va. J'ai dormi. Tu as faim, j'espère ?
— Un peu. Es-tu face au fleuve ?
— Oui. Pourquoi ?
— Regarde sur l'autre rive.
— On dirait un temple.

— C'est un restaurant. La cuisine est succulente, les danseuses, de vraies fées. Prévoir seulement un mouchoir car les plats sont si épicés qu'on en pleure.

— C'est la seule bonne raison de pleurer.

— Je ne m'habituerai jamais à t'entendre proférer des banalités.

— Si j'en disais plus souvent, je ne serais pas ce soir au bout du monde, morte de fatigue.

— Bel esprit avant la négociation. Cela augure bien.

Est-il sérieux ? Je sais qu'au travail les femmes ne doivent jamais admettre la fatigue. Mais avec Ted, n'est-ce pas différent ? Être sur mes gardes en dépit de toutes les preuves de ma compétence.

Je retourne à la fenêtre. Les lanternes de la terrasse du restaurant projettent une lumière crue, contraste saisissant avec l'obscurité environnante. Au loin vacillent de faibles éclairages selon un ordre qui ne laisse deviner ni rue ni quartier. Pourtant, des millions de gens vivent là où je ne distingue que la noirceur. J'ai peur tout à coup. Je m'imagine marchant dans des ruelles, effleurant des ombres, sentant des souffles dans mon cou. Avoir la certitude, soudain, qu'il n'en reste qu'un, que cette ombre se rapproche, que ce souffle a des mains et un corps. Qu'il me désire et s'empare de moi. A reculons, je m'éloigne de la fenêtre. M'effrayer est un de mes plaisirs inavouables.

Dans le hall, Ted est là, les bras ouverts. Élégant, rasé de près — la peau tendre des hommes après le rasage me donne envie d'effleurer les joues, même celles d'inconnus —, il m'entraîne à l'arrière de l'hôtel à travers des jardins menant au quai. Une barque nous attend. Trois minutes plus tard, nous accostons sur l'autre rive.

Sur la terrasse, nous nous installons à une table que Ted a désignée de la main au maître d'hôtel. J'apprécie ce geste d'autorité. Comme je préfère l'homme qui dit « vous m'accompagnez » à celui qui déclare « je vous accompagne ». Tel un collégien insouciant, Ted commande des cocktails multicolores et sirupeux servis dans des verres en forme de danseuses. Ce soir, l'instant présent pour seule réalité, le passé et l'avenir balayés par la distance, je me retrouve adolescente un soir de flirt. Il me suffirait d'un seul geste pour provoquer le trouble chez Ted. Ma séduction peut s'exercer avec une précision chirurgicale. Je subis rarement un échec, mais ces victoires mathématiques me laissent désabusée.

J'hésite. Je regarde Ted en scrutant son visage ; ses lèvres trop minces pour donner envie de les embrasser, les pommettes trop saillantes, le regard clair, trop juvénile, désarmant. Seules les mains longues et expressives m'attirent. J'anticipe notre étreinte : quelques heures de plaisir sans relief durant lesquelles il demandera constamment : « Es-tu bien ? » Ou : « Dis-moi ce qui te ferait plaisir. » Trop gentil et trop appliqué Après il ajouterait, j'en suis sûre : « Peut-être n'aurions-nous pas dû, puisque nous travaillons ensemble. » Pourquoi gâterais-je ma relation avec un homme qui me laisse physiquement indifférente ? Pourquoi brouiller un rapport professionnel dont les conséquences seront sans commune mesure avec ces instants où je jouerai l'émotion et feindrai le désir afin de les provoquer chez lui ?

A. Y penser me consume.

Ted ne semble pas se rendre compte que je ne l'écoute guère. Et parce que le dépaysement en évoque un autre, il parle de ses voyages, raconte des aventures dont la banalité ne fait aucun doute. Tout à coup, au beau milieu d'une phrase, il s'interrompt.

— Qu'as-tu ? dis-je en me ressaisissant.

— Je n'en suis pas certain. Une impression étrange. Je crois que je t'ennuie.

— Non, non, tu te trompes. Je suis fatiguée,

c'est tout. Et ces cocktails m'ont un peu étourdie. Continue, je t'en prie.

Il reprend le récit, mais en y mettant moins de conviction. Je m'efforce de réagir. Hochant la tête, j'en redemande du regard. C'est réussi, enfin il retrouve sa volubilité. Je m'ennuie...

Il m'ennuie. C'est avec un autre que je souhaiterais être. Depuis que je suis seule, j'éprouve du malaise à me retrouver dans les endroits où l'on va en couples. Surtout en compagnie d'un homme, car mon compagnon n'est jamais celui souhaité. Je préfère la solitude à cet autre isolement dans lequel me renvoie le faux couple que je forme momentanément. Lorsque Jean est parti — le serrement à la gorge à le remémorer —, la douleur la plus aiguë surgissait dans la rue, chaque fois que j'apercevais une boutique de vêtements pour hommes. Pour la première fois de ma vie amoureuse, je n'avais plus personne à qui offrir une chemise. Ce fait insignifiant m'atterrait, car il confirmait avec plus de force que toute autre privation dans quel désert j'étais désormais condamnée à survivre.

J'aime tant offrir des cadeaux aux hommes qui me font l'amour. Et avant tout des vêtements : chemises, cravates, chandails, blousons, tout ce que je peux acheter sans leur présence. Je dépense sans compter, avec extravagance, non sans avoir observé chez certains une réticence contenue à être comblé de la sorte. Je contrôle mal ma générosité. Peut-être est-ce en l'imposant ou en la substituant à une émotion plus rêvée que réelle. J'ai besoin qu'on me soit redevable, même si je ne retiens pas ceux qui bénéficient de mes excès de largesse. Ne serait-ce pas confusément ce que je recherche : les détacher de moi par ma démesure avant qu'eux-mêmes ne la découvrent, ne s'en effraient et fuient ? Ce n'est qu'avec Jean que j'ai accepté l'inconnu, cet incontrôlable flottement du cœur entre flux et reflux. Après des nuits d'exaltation fiévreuse, il m'imposait des silences qui duraient des jours. Chaque sonnerie du téléphone me faisait sombrer, l'absence de sonnerie m'attristait davantage, jusqu'à l'instant magique où sa voix caressante, demandante, exigeante se faisait entendre enfin. Il est le seul que j'aie aimé vraiment. Sans doute s'est-il évaporé à cause de cela.

— Françoise, nous partons.

Ted, debout à mes côtés, prend mon bras et guide mes pas sur le quai brimbalant. Je bavarde pour meubler la conversation. Ne pas le heurter. Ne pas l'indisposer. Nous sommes partenaires. Penser à mes intérêts. Je lui souris, lui tapote la main avec affection, sans ambiguïté alors qu'il y a une heure j'aurais pu, d'un seul regard, le jeter dans le trouble. Depuis son arrivée, Ted a été muet sur son histoire de cœur. « Les hommes n'ont pas de peine d'amour, ils n'ont que des peines d'amour-propre. C'est pourquoi, ils souffrent si peu de temps et nous remplacent aussitôt », répète Charlotte. Je désespère qu'elle ait si fréquemment raison.

Je suis si lasse que je crains cette nuit où, le décalage aidant, je risque de retrouver mes fantômes. Car je m'interdis de toucher aux somnifères. Les drogues qui altèrent la conscience m'effraient à un point tel que j'ai refusé l'anesthésie générale quand Marie est née par césarienne. L'accouchement, provoqué, a duré une trentaine d'heures dont sept rythmées toutes les deux minutes par des contractions qui me projetaient hors de moi-même. En entrant dans la chambre d'hôpital, l'idée de la mort me rôdait en tête. Tout au long de la grossesse, j'avais senti que ce bébé ne s'expulserait pas normalement. Une nuit de cauchemar, vers le septième mois, je m'étais vue le ventre éclaté sous la pression. Comme dans les histoires que me racontait ma mère. Une fois installée dans le lit, Jean à mes côtés, inutile, impuissant, finalement endormi dans un fauteuil, j'avais réussi à vaincre la panique, refusant les calmants, pour mener la bataille décisive de ma vie. Mais ma volonté ne put contraindre ce corps qui refusait de livrer passage au bébé. Heure après heure, une rage sourde s'installa en lieu et place de l'enfant qui ne voulait pas naître. A l'aube, je ne sus plus de qui, du petit être ou de la rage, je voulais être délivrée. La lumière du jour, bleuie par la neige, m'avait calmée. D'autant que le médicament destiné à provoquer les contractions avait perdu de son efficacité. Mon ventre, énorme, n'avait pas cédé. L'enfant attendait toujours. Son cœur battait bien, l'appareil branché en moi m'en renvoyait l'écho. Mais je ne pouvais me soustraire à la naissance, repartir à la maison en disant : « Il n'est pas venu, il a préféré rester là. » Non, j'étais condamnée à le mettre au monde. Notre vie commune arrivait à terme. Contre mon gré, car je sus, à cet instant précis, que je ne voulais pas le rendre. Mais les médecins veillaient à ce que s'accomplisse ce rite pour la suite du monde.

Tout s'était déroulé alors très vite : injection dans la colonne vertébrale, engourdissement, civière, salle d'opération, trois officiants vêtus de vert, masqués, gantés, moi, bras en croix, sanglée sur la table, un champ opératoire devant les yeux. N'ayant pas voulu dormir, je regarderais. J'entendrais surtout. Des mots, rares, précis. Des mots sans phrase. Plutôt des ordres, suivis de cliquetis d'instruments. A ma tête, l'anesthésiste, seringue à la main : « Voulez-vous que je vous fasse entendre des petits oiseaux ? » Moi, ventre ouvert, le foudroyant du regard : « Me prenez-vous pour une débile ? » Dépité, il s'était tu, se retirant dans un coin, hors de ma vue. A mes pieds, au bas du ventre plus exactement, on s'affairait.

Une sensation de feu. Je sens des mains en moi. « J'ai la tête », décrète le médecin. Il tire. Il arrache. Des sons liquides, assourdis. On m'enflamme. « C'est une fille », lance le docteur. Vagissement. Moins qu'un cri. Entre le sanglot et le roucoulement.

Dès lors, je peux mourir. Je demande : « Combien de temps d'ici la fin de l'opération ? — Quarante minutes, me répond-on. — Où est le docteur aux petits oiseaux ? » Il s'approche. « C'est du valium liquide, précise-t-il compatissant. Une petite piqûre. Attention ça va pincer. » Va pour le pincement dans le bras alors que plus bas, la brûlure béante s'intensifie.

— Attention, Françoise.

J'ai failli perdre pied en débarquant.

— Il faut dormir, dit Ted. Les Thaïs négocient à l'usure. Ils vont nous entraîner dans des repas interminables. On doit tenir le coup. De toute façon, ils ont besoin de nous. On les aura.

— On les aura, Ted. J'en fais mon affaire.

TREMBLEMENT DE CŒUR

Dans l'ascenseur, silencieuse, j'observe les gens. Tous semblent las, sauf un couple qui visiblement vient de se former : l'homme regarde la femme sans pudeur et elle soutient son regard sans broncher. Je suis prise de nausée. Huitième étage. Je sors, suivie de Ted. Il me prend la clé des mains, ouvre la porte, m'embrasse sur les joues et repart. Le cadran digital indique deux heures du matin. Je suis en Thaïlande, j'ai envie de vomir et je m'imagine me lançant à travers la fenêtre panoramique. Figée sur place, je m'agenouille et, retrouvant un geste de l'enfance, je fais le signe de croix.

7

En ouvrant les yeux, je me souviens que j'ai pleuré une partie de la nuit. J'en ai les paupières irritées. Je me rends à la salle de bains et jette un coup d'œil dans la glace avant même d'ouvrir la lumière. Des marques sombres autour des yeux, de légers plis de chaque côté de la bouche. J'allume. Sur mon visage gonflé, je pressens la vieille femme que je deviendrai.

Je repousse facilement la pensée de l'âge. Dans ma famille, toutes les femmes trichent sur leur âge. À les entendre, je serai bientôt plus âgée que mes propres tantes. Je ne souhaite pas retourner en arrière. J'ai eu la vingtaine malheureuse, trop fébrile, trop agressive. La trentaine me sied mieux. Mais j'ai compris que je vieillissais le jour où je me suis rendu compte que les policiers avaient l'air juvénile. C'était donc à mon tour. On ne m'appelait plus mademoiselle, mais madame. Ma mère, qui a tout subi et tout accepté, refusait cette réalité : « C'est dégradant », disait-elle sans expliquer ce qu'elle entendait par ce qualificatif excessif dans sa bouche. À sa mort, j'ai découvert qu'elle s'était officiellement rajeunie de deux ans... renonçant durant cette même période aux prestations d'assurance vieillesse auxquelles elle avait droit. Une perte de huit mille dollars, pour elle qui n'avait pas un sou. Une folie secrète l'avait donc habitée.

Vieillir seule me sera intolérable. Le jour où je ne plairai plus, où je ne me verrai plus exister à travers le regard d'un homme, aurai-je la force de l'accepter ? Dépendance, dirait Charlotte. Certes. Mais elle me rassure. Sans cette faiblesse, mon goût du pouvoir m'inquiéterait. M'assurer ce repli comme un cocon.

Il est temps d'appeler Ted. Ce matin rien ne doit me distraire du travail.

— Ted, bonjour. Tu as bien dormi ?

— Oui, car j'ai pris un léger somnifère pour éviter le décalage horaire. Et toi ?

— Très bien. Très bien. Je suis dans une forme dangereuse.

— Ça te sera utile. Tu verras qu'ici nous ne sommes ni à New York ni à Montréal.

— On se rejoint pour le café ? Dans quinze minutes, je suis prête.

— D'accord, je serai dans le jardin.
— Comment ferais-je pour vous reconnaître, monsieur ?
— Je serai en train de charger mon colt au cas où les Thaïs nous manqueraient de respect.
— Je vois que tu es dans de bonnes dispositions.

Dans le taxi, Ted décrit la technique que nous devons utiliser : ne jamais avoir l'air d'y tenir, tout en établissant clairement nos positions. Surtout, ne rien brusquer. Ne jamais regarder sa montre et renvoyer les sourires, même les plus désarçonnants.
— Tu as suivi des cours d'anthropologie par correspondance ?
Il me regarde, fâché. Il n'apprécie guère mon humour.
— Le déjeuner durera des heures. Nous ne pourrons y échapper, ajoute-t-il.
— Bon, je n'y vois pas d'inconvénients.
— Tant mieux. On parlera de la pluie, des voyages, en aucun cas de notre affaire. Cela les froisserait. Il est fort possible qu'ils nous invitent aussi à dîner. Tu n'as rien de prévu ?
— Bien sûr que non.
— Alors, nous accepterons.
Cette façon qu'a Ted de décrire les Thaïs et de

m'expliquer la marche à suivre m'agace. Pourtant, j'éprouve du plaisir quand un homme, n'importe lequel, prend l'autorité des décisions mineures me concernant. Habituée à m'organiser seule, je m'attendris devant ces gestes protecteurs, sans me leurrer sur le fait que jamais je ne céderai à quiconque le pouvoir de choisir ce qui me semble essentiel. C'est avec de grands efforts que je consens à laisser Jean prendre certaines décisions au sujet d'Anne et de Marie. J'ai peur qu'autrement il s'éloigne d'elles. Les pères, même les meilleurs, ont peu d'endurance quand il s'agit de conserver des relations avec leurs enfants, une fois qu'ils ont quitté la mère.

Le chauffeur roule à tombeau ouvert et c'est par miracle qu'il évite les piétons énervés. Sur les trottoirs, une foule dense se déplace telle une lame de fond. Dès que s'immobilise le taxi, la musique américaine retentit des haut-parleurs placés à l'extérieur des kiosques où l'on offre des cassettes piratées. D'un arrêt à l'autre, je reconnais les Platters, Fats Domino, les Four Aces sur lesquels j'ai dansé mon adolescence. Étonnant que, dans cette ville, les chansons du hit-parade des années soixante revivent à mes oreilles. « *You've got the magic touch* », chante le crooner. Trop tard, au feu vert le taxi redémarre.

Ted connaît déjà deux ou trois hommes avec lesquels nous nous apprêtons à négocier.

— Ils sont si puissants que rien d'important n'émerge de terre en Thaïlande sans qu'ils ne soient impliqués, m'assure-t-il. Quant à la façon dont ils se sont enrichis, tu es bien d'accord avec moi pour dire que ça ne nous regarde pas.

La voiture s'immobilise devant un immeuble tout neuf visiblement inspiré des immeubles bourgeois du XVIe arrondissement de Paris. Surprenantes, ces frises en pierre blanche d'où ressortent des têtes de lion et des angelots obèses. Dans le hall de marbre rose, « quelqu'un a vu le Trump Tower à New York », me chuchote Ted, une hôtesse, costume traditionnel, sourire et discrétion, nous attend pour nous conduire à un ascenseur privé qui nous fait accéder directement à un immense bureau. Nos trois hôtes sont debout, solennels, lorsque s'ouvrent les portes.

La pièce est décorée de meubles d'époque français et anglais. Au mur, des impressionnistes et, dans les angles, des statues khmères. On se croirait dans le bureau du cerveau maléfique d'un film de James Bond. Il ne manque que la piscine remplie de crocodiles.

L'un des trois hommes, le chef du groupe, me prend le bras et m'entraîne vers le mur où sont accrochés trois Sisley, autant de Pissarro et deux Manet.

— Vous aimez ? Ma fille les a choisis. Elle a suivi des cours d'histoire de l'art au Louvre.

— Votre fille a un goût sûr et un bon père.

Il s'esclaffe et traduit en thaï pour ses collaborateurs qui s'esclaffent à leur tour. Il est temps d'entamer la négociation.

Durant la première heure, je me tais. Avec une patience contraire à son habitude, Ted explique notre position. Investissement de trente millions, dans cet hôtel de grand luxe à Phuket, choix de l'architecte, représentant sur place durant la construction pour veiller à nos intérêts, et commission de cinq pour cent sous la table s'ils décrochent les autorisations locales. Clarté, brutalité et suffisance dans le ton, l'Américain est intraitable. Nos interlocuteurs, bien sûr, hochent la tête, tout sourires. Le comportement de Ted me renverse. Il joue, à n'en point douter, mais comment peut-il faire fi de l'amour-propre des Thaïs qui, tout de même, sont ici chez eux et qui, je le sens, n'ont pas encore fait le deuil d'un sentiment proche de la dignité. Cette similitude avec ma propre expérience me rapproche de ces derniers. Alors, je décide d'intervenir. Sans contredire en aucune façon Ted, je reprends les arguments, un à un, tout en soulignant chaque fois l'incapacité dans laquelle nous nous trouvons de réussir sans leur aide. « C'est nous qui avons besoin de vous. » Ted, à mes côtés, a un mouvement d'humeur. Tant pis. Mon instinct ne me trompe pas. Je sens céder leur résistance.

— Nous reprendrons nos pourparlers demain matin, dit le collectionneur de tableaux après notre longue séance de travail. Nous feriez-vous le grand honneur d'accepter de dîner avec nous ce soir ?

— Avec grand plaisir, et l'honneur sera pour nous, dis-je avec empressement.

Une fois dans la rue, les trois hommes s'engouffrent dans leur limousine après que nous eûmes décliné leur offre de nous raccompagner.

— Tu en fais de belles, dis-je à Ted dès que les Mercedes démarrent. Tu n'as cessé de me donner des conseils, et c'est toi qui perds ton sang-froid.

— Ces gens m'agacent. Pour qui se prennent-ils donc ? Sans nous, tout ce qui fonctionne dans ce pays serait inopérant. Et nos trois amis couperaient leur bois de teck à la frontière birmane.

— Ted, arrête.

Éviter les discussions politiques ou alors changer de métier. Je refuse d'entendre Ted tenir ce genre de propos car je crains que ne s'altère l'amitié que je lui porte.

Il n'insiste pas d'ailleurs. Pour se racheter, sachant le plaisir que je prends à fouiner chez les antiquaires, il m'entraîne dans une rue étroite, bordée de boutiques remplies de trésors. Comme à mon habitude, je m'y ruine, ce qui me réconcilie momentanément avec lui.

En rentrant à l'hôtel, malgré l'heure tardive, nous nous arrêtons à la terrasse pour prendre un verre. De nouveau cette noirceur, inconnue dans nos villes électrifiées. Je me sens happée, emprisonnée par elle. Sans Ted à mes côtés, je craindrais l'ensorcellement. Les nuits ici grouillent d'apparitions, alors qu'au Baskatong elles pétrifient les ombres. L'inquiétude devant ce souvenir soudain qui remonte à la conscience. Une lègère oscillation de la mémoire et c'est l'éclatement de la réalité.

— Quelle étrange façon de boire! Tu ne peux plus avaler ou quoi? demande Ted.

Sans m'en rendre compte, j'ai gardé dans la bouche la gorgée de cocktail au goût moelleux. Pour faire durer le plaisir. Petite, je le faisais surtout en buvant les milk-shake à la vanille qu'on achetait en cachette après avoir volé l'argent dans les poches de notre père.

— Une mauvaise habitude que j'ai prise enfant. Ma mère n'a jamais pu m'en débarrasser.

— Si ce cocktail te procure une telle volupté, je peux t'en commander un autre, dit Ted en riant.

Je voudrais bien, mais à la condition de le boire seule, à l'abri des regards, en conservant le liquide dans la bouche le plus longtemps possible. Comme une protection.

Une fois dans ma chambre, je regarde le cadran. Il est douze heures plus tôt à Montréal. Depuis ce matin, j'ai oublié l'existence des filles, de ma vie laissée à l'autre bout du monde. N'est-ce pas ce que recherchent les grands voyageurs, cette amnésie qui rend le présent si intense ? La dernière conversation avec Anne et Marie date de mon arrivée à Paris, il y a cinq jours. A cette heure, les petites sont en route pour l'école. Soulagée, je compose le numéro de la maison, assurée de ne pas entendre leurs voix. Je parlerai à Jacqueline. Elle m'informera d'un ton neutre, banal, l'air de me dire : « Tout va comme prévu. Vous n'avez pas besoin de dépenser votre argent inutilement. » Je raccrocherai tout bonnement. Je me serai épargné ce sentiment de trahison qui m'habite lorsque Marie, avec un détachement trop marqué, me déclare : « Je vais bien, mais j'ai mal à la tête depuis deux jours. Et c'est toujours du même côté, à gauche au-dessus de l'œil. » Pourquoi le fait de les quitter rend-il leur mort plausible ?

Pressée par l'heure, je me résigne à prendre une douche trop rapide pour me détendre et me rafraîchir. Me maquiller aussi est une corvée, nécessaire et obligatoire. Je me maquille peu, sauf pour les soirées. Je n'ai porté de rouge à lèvres qu'à seize ans. Je me trouvais laide. Je suppose que mon tourment s'inscrivait sur mes traits. Et j'avais des amies si belles. Claire en particulier. Je voyais l'admiration dans le regard des gens lorsque je marchais à ses côtés. Elle avait tout ce que je n'avais pas. Les yeux d'Elizabeth Taylor, la bouche d'Ingrid Bergman, les cheveux d'Audrey Hepburn et le corps de Françoise Dorléac. Elle portait un chemisier que je trouvais sexy, je le lui empruntais et, sur mon dos, il devenait insignifiant. Peut-être est-ce pour cette raison qu'elle me prêtait si volontiers ses vêtements. Me sachant laide, j'étais certaine que les autres le pensaient aussi, les garçons en premier. « Devant les hommes, il faut jouer des yeux », me répétait une tante à qui la rumeur familiale attribuait un passé de séductrice irrésistible. Cela me scandalisait. Car Claire et d'autres, moins jolies, mais qui attiraient aussi les garçons, jouaient des yeux comme ma tante me le conseillait. Je les trouvais indécentes et vicieuses. D'ailleurs, je les soupçonnais de se laisser embrasser à « bouche que veux-tu » dans le parc de notre quartier où j'évitais de me rendre les soirs d'été. J'avais peine à soutenir le regard des garçons, convaincue qu'ils y liraient ce que je n'osais formuler sans honte. J'éprouvais de la gêne à me retrouver tête à tête avec un voisin sur lequel je butais tous les matins et qui poursuivait son chemin à mes côtés, nos collèges se trouvant à quelques rues de distance. Pourtant l'avais-je malmené ce garçon à peine plus âgé que moi lorsque, enfant, je régentais la troupe au doigt et à l'œil. Dix ans plus tard, la façon gauche avec laquelle il m'abordait et les phrases, rares entre nous et qui tenaient lieu de conversation, soulevaient chez moi espoir et découragement. Car, assurée d'être dépourvue de tous les attributs de la féminité décrits dans *Seventeen*, le magazine des teenagers américaines qu'on lisait avec plus de recueillement que la Bible, je n'entrevoyais aucun avenir sentimental. Et l'intelligence qu'on me reconnaissait augmentait mon handicap. Laide et intelligente, je réunissais les pires défauts pour faire fuir les garçons.

— Quelle allure, quel chic ! lance Ted en m'apercevant.
— Je l'ai acheté à Paris. Je l'étrenne pour toi.
— Ce tailleur, tu crois que je l'aurais remarqué en vitrine, espèce d'idiote ? You're fishing for

compliments my dear, ajoute-t-il en m'entourant les épaules de son bras.

La réaction de Ted me charme sans me surprendre. La beauté m'est venue avec l'âge.

A l'heure dite, une limousine s'arrête devant l'entrée de l'hôtel et le chauffeur, ganté, fait claquer les portières. Nous nous installons à l'arrière. Nos hôtes, nous explique-t-on, nous attendent au restaurant. Nous roulons un long moment, nous éloignant progressivement du centre de Bangkok. Je remarque la présence de petits groupes de jeunes gens d'allure louche à chaque intersection de rues de plus en plus étroites, sans asphalte et sans trottoirs. J'entends un bruit sec. Le chauffeur a déclenché le mécanisme de fermeture automatique des portières. De rares ampoules jettent une lumière blafarde sur les murs lézardés que frôle la voiture. Ted bavarde, mais je ne l'entends plus.

Je me dédouble de nouveau. Je marche dans la ruelle. Plus j'ai peur et plus je m'enfonce dans l'obscurité. Le bruit assourdi de mes talons sur la terre battue se confond avec les battements déréglés du cœur qui me martèlent les tempes. La peur et l'excitation m'emprisonnent. Au fond de l'impasse, on m'attend. J'avance. Rien ne se passe. Je suis seule. J'ai la tête qui tourne. Ne pas reculer surtout. Quelqu'un m'agrippe le poignet. Pétrifiée. Je suis pétrifiée. Impossible de le voir. Un trou noir. Je suis au centre d'un trou noir. La pression se resserre. J'ai compris qu'il a tout deviné. Qu'il veut me tuer avec l'arme infaillible : le temps. Une seconde, trois secondes, six secondes, la terreur m'assassine. Lui desserre la pression, il va lâcher. Non, au contraire, il resserre plus fort. Une, deux, trois, quatre... Il relâche en balançant mon bras dans le vide. Il a réussi. J'agonise.

Je sursaute. Ted m'a effleuré la main. Nous sommes arrivés. Devant nous, un mur au-delà duquel on distingue la lumière. En descendant de voiture, je me dis que je déraille.

J'ai bu plus que de coutume. Jusqu'à éprouver de l'indifférence envers moi-même. Je ne m'intéresse plus, et les quatre hommes qui m'entourent disparaissent peu à peu dans le brouillard. Engourdie, j'écoute, souriante, des propos que je n'enregistre pas. La nervosité et les délires de tout à l'heure se sont volatilisés. Je flotte, béate. Mes compagnons ne se rendent pas compte de mon état, trop préoccupés qu'ils sont à manger, à boire et à apprécier le spectacle des fragiles danseuses qui s'exécutent devant nous.

Je crains les effets de l'alcool chez les autres, me

sachant à l'abri de ces excès. J'ai trop subi les soûleries bruyantes de mon père pour ne pas en reconnaître les manifestations. Je ressens de la répulsion lorsqu'une personne y recourt pour faire tomber ses inhibitions. Je n'aime pas les fonceurs éthyliques.

Je haïssais tellement mon père lorsque je l'apercevais au bout de la rue, le vendredi soir, jour de la paye, où il faisait un long détour par la taverne. Remplie de honte, je le voyais se diriger vers la maison en caracolant et il m'arrivait de souhaiter qu'il se fracasse la tête sur les clôtures de fer forgé bordant les parterres. Malheureusement, il ne tombait jamais, mû par la force équilibrante du fil-de-fériste. J'appréhendais le regard moqueur des petits voisins sur lesquels j'exerçais mon ascendant et qui, dans ces moments, me rabaissaient au rang d'enfant d'ivrogne. Ces soirs-là, je me réfugiais dans l'église et, les bras en croix, je parcourais les quatorze stations du chemin de la croix. La noirceur tombée, je rentrais à la maison, essayant d'échapper aux voisines cachées derrière leurs rideaux. Je m'enfouissais sous les couvertures, dos à ma sœur et, pour échapper aux rires gras de mon père, les bons soirs, et aux injures proférées les mauvais soirs, je récitais des rosaires jusqu'à épuisement. Fréquemment, durant ces nuits, je m'éveillais en sursaut à cause des cris d'étouffement que poussait mon père en train de vomir. La chasse d'eau déclenchait une vibration dans la tuyauterie, et j'avais l'impression que la maison entière s'effondrait sous la secousse.

Ce soir, j'ai cédé à la griserie car je ne risque pas de perdre le contrôle ou de laisser transparaître un signe d'ébriété. Je ne suis ivre qu'à l'intérieur de moi-même, et cet état me procure un répit. Mes compagnons, de plus en plus détendus, sourient sans raison. Comme si le plaisir qu'ils éprouvent les projetait loin de ce restaurant où leurs corps sont présents. Plus la soirée avance et plus la conversation rétrécit. La musique thaïe, comme une incantation, enveloppe l'immense salle à manger et embrume peu à peu les esprits à la manière de l'alcool. Lorsque Ted, avec discrétion, manifeste le désir de partir immédiatement entendu par nos hôtes, c'est avec effort que j'émerge de l'engourdissement. Il est une heure trente à ma montre.

Le retour se fait dans le silence. Le chauffeur conduit à une vitesse excessive, si bien qu'à chaque carrefour, crispée, je ferme les yeux dans l'attente fatale de la collision. Perdu dans ses propres rêves, Ted est complètement indifférent au danger qui nous guette. Au-delà de l'épuisement, je n'ai pas sommeil et je m'inquiète déjà de la nuit blanche que je devrai traverser avant que l'aube ne me délivre.

En franchissant la porte de ma chambre, la vue du clignotant rouge sur le téléphone me fige sur place. Les filles! Il est arrivé un malheur aux filles!

Un éclair me transperce le crâne. Le cœur s'emballe. La figure me brûle. Paniquée, je fixe la boule rouge scintillante De longues secondes s'écoulent... Condamnée enfin, j'avance vers le combiné qui me mettra en communication avec la douleur mortelle.

Anne ou Marie... Anne et Marie... Il ne reste qu'à entendre, confirmé par des mots, l'arrachement que j'appréhende depuis toujours.

Je compose le zéro. La sonnerie m'enflamme l'oreille. La téléphoniste, empressée, dit : « Un instant. » Le temps du passage définitif vers l'implosion.

« Rappelez la chambre 948 », dit la voix. La chambre 948 ? Il y a erreur. Ted est dans la 1412. Qui appelle alors ? « Vous êtes bien Mme Françoise Robert ? insiste la voix — Oui, c'est moi. — Alors, c'est pour vous. — Quel est le nom de la personne ? — Elle n'a pas laissé son nom. — Je veux savoir. — Impossible, madame. » J'insiste, je suis cliente de l'hôtel, tout de même. « J'ai des ordres, madame, question de sécurité. »

Ahurie, je raccroche. Je tremble, des sanglots m'étouffent. Pourquoi cette menace qui m'assiège ?

Je m'allonge sur le lit. Pas une partie du corps qui ne soit endolorie. Anne... Marie... Je l'ai échappé belle... cette fois. Car cela recommencera. Je n'éprouve aucun soulagement. Je suis en sursis.

Pleurer. Ne pas bouger. Je devrais me lever, ôter mes vêtements, mettre une chemise de nuit, me démaquiller. Je suis sans force...

Soudain, je repense au message qui a tout déclenché. Chambre 948. Je ne connais personne dans l'hôtel à part Ted. Le loquet de sécurité : l'ai-je bien mis en entrant ? Vérifier. Je n'arriverai pas à dormir sans cette précaution.

Avec des gestes de malade, comme si tous mes os avaient été fracturés, je me soulève et me dirige vers la porte. Je pose la main sur la serrure et, à ce moment précis, j'entends un frappement retenu de l'autre côté. Un éclair traverse de nouveau mon crâne. Quelqu'un me traque... Je pose l'œil sur l'œil magique, je chancelle. Puis j'ouvre.

Devant moi, le regard noir, A. ne bronche pas.

8

Il glisse lentement la main droite dans sa poche, en sort un billet de un dollar et le tend vers mon visage. Je recule. Chaque pas me pèse. A. avance dans mes propres pas. Mon pied heurte une chaise. Je m'immobilise. Alors, toujours avec la même lenteur, il relève l'autre main et déchire le billet. D'abord en deux, puis en quatre, puis en huit... Il lance les morceaux au-dessus de nos têtes comme des confettis, puis il s'approche et glisse la main gauche derrière ma nuque. Il tremble. Je tremble plus fort encore. Resserrant son étreinte, de sa main libre il s'empare de ma hanche droite. Il serre. Avec fermeté, puis de plus en plus violemment ; il veut m'arracher la chair. La sensation de brûlure est immédiate. Elle s'intensifie, s'élargit, s'approfondit. A. contrôle la douleur qu'il m'impose. Il la réduit au moment où elle devient intolérable et la déclenche de nouveau, me faisant franchir un nouveau seuil. Alors que la main broie ma hanche, l'autre relâche la nuque. En déséquilibre, je n'ose m'accrocher à lui. Encore moins demander grâce. Car plus la douleur se raffine, plus elle se confond avec le plaisir, plus elle se terre au fond de mon ventre. Le regard noir de A. pâlit. Il ferme les yeux, s'agenouille et enfouit sa tête dans le creux de ma hanche. Il frotte ses joues à l'endroit précis où il m'a meurtrie. Je reste figée sur place de crainte d'être entraînée dans le mouvement de la chambre qui tourne autour de nous.

J'ai froid. Sauf dans le cratère où A. continue d'entretenir le brasier par le frottement de son visage. Le temps est sous vide et j'émerge à la surface de l'autre qui est en moi.

A mon tour, je me mets à genoux. A. ouvre les yeux. Il m'observe. A la manière d'une apparition. Je n'ai qu'une envie, poser les mains sur sa poitrine à la recherche de l'indice. Un renflement de la peau. Je n'y arrive pas.

Alors, minutieusement, je déboutonne la chemise. Sous mes doigts nerveux, les boutons résistent. Je dois m'y reprendre à deux fois, à trois fois. Je ne dégage pas la chemise, je glisse plutôt les doigts sous le tissu. J'effleure à peine... Une boutonnière cède. J'écarte doucement les pans du vêtement, m'accroupis et pose les lèvres sur la grande tache de vin. Je reste ainsi jusqu'à ce que l'étrangeté de la sensation me devienne familière. Puis je relève la tête. Nous nous dévisageons. Nous laissons le brouillard s'appesantir sur nous. A. me parcourt des yeux. Je me laisse capter. Cela dure... s'éternise... L'homme se joue de mon désir. Il l'attise, le freine, s'en distancie, s'en rend maître. Enfin, il se penche sur moi et, du regard, m'oblige à me mettre debout. Il se refuse à me toucher. Obéissante, je m'étends sur le lit. Il me domine de sa haute taille. Je tends le bras pour éteindre la lampe qui m'aveugle, mais, d'un geste, il m'empêche de l'atteindre. Sous la lumière crue, instinctivement, je cherche à cacher mon visage.

Il ne se passe plus rien. A. semble figé à côté du lit, et je n'ose le regarder. Le silence de la pièce nous enveloppe et plus il dure, plus mon corps se pétrifie. Seule la peur réussit à se frayer un chemin à travers cette immobilité. L'a-t-il perçue ? Il bouge soudain. Je l'entends sans le voir. Il se déplace, heurte le mobilier, dépose des objets sur la table et revient vers le lit. Je sens son souffle se rapprocher tandis qu'avec lenteur et fermeté il me dénude.

Je grelotte, le corps emporté par des frissons. A. rapproche sa bouche de ma poitrine et me réchauffe de son souffle. Réanimée, je l'enlace. Il s'étend de tout son long sur moi et m'écrase de son désir.

Longtemps, il reste ainsi sans chercher à s'insinuer en moi. La pression de son poids sur mon corps suffit à me fusionner à lui. Mais le désir m'exténue... Rompant le silence qui a régné entre nous depuis que j'ai ouvert la porte, j'échappe une plainte en forme de demande. A. résiste. De toutes ses forces. Je tente de m'arracher à lui. Avant même que j'aie esquissé un faible geste, il m'a devinée. Il soulève la tête et, sans s'attarder dans mes yeux, s'empare de ma bouche.

Il refuse encore de trouver son chemin vers moi. Il veut se dérober. Il est venu pour s'enfuir de moi. Alors, je l'appelle. Avec des mouvements auxquels aucun homme n'échappe, ramené qu'il est à son refuge initial.

Désarmé, il cède. Mais, en s'enfouissant en moi, il retrouve la source de sa force et de sa rage. Il a envie de m'anéantir. Il me heurte, il me casse. Il déjoue toutes mes résistances. Je geins de plus en plus fort... jusqu'aux cris. Il me bâillonne la bouche de sa main, et les cris reviennent frapper l'intérieur de ma tête. Je perds conscience avant que le plaisir ne m'engloutisse, alors qu'au loin, très loin, l'homme s'effondre dans les spasmes et les râles.

Beaucoup plus tard, j'ouvre les yeux. A., toujours allongé sur moi, dort, la tête tournée vers le mur. Je referme les yeux, mais le sommeil ne vient pas. A. est parvenu jusqu'ici pour me prendre, pour s'emparer de moi. Et il a réussi. Traquée sous lui, noyée de lui, je suis condamnée.

Je touche son épaule. Il bouge à peine. Résignée, je referme les yeux. Dormir, pour retarder le plus possible le moment où des mots seront prononcés, des mots trop graves et trop lourds pour être espérés.

L'aube s'infiltre à travers les stores. Surgissant de l'inconscience, la taille emprisonnée par son bras, je dois attendre qu'il s'éveille à son tour. Qu'il parle. Qu'il s'explique. Mais il ne semble guère sur le point de se réveiller. Relâchant son emprise, il me tourne le dos et continue de dormir. Alors je me lève. Je marche sur nos vêtements épars et me rends à la salle de bains. Ne pas allumer pour éviter de lire dans mes yeux. Je laisse couler doucement le robinet et je m'asperge la figure. La sensation de l'eau froide est désagréable. Je reviens dans la chambre, l'air est lourd. Je m'étends à côté de l'homme dormant. Lui seul est maître du temps qui se déroule. Je regarde ma montre. Cinq heures trente. Dans deux heures, j'ai rendez-vous avec Ted pour réviser le protocole d'entente que nous signerons en fin de matinée.

A. étend son bras à la recherche de mon corps Docile, je me rapproche. Il me touche sans me caresser. Je frémis. Il s'attarde là où il a décelé le frémissement. Puis, il s'abrite sous les couvertures et va poser les lèvres à l'endroit où il retire sa main. Je suis submergée. Il m'entraîne au-delà de mes sens. Il murmure des mots interdits, des mots honteux, des mots qui me ramènent au creux de mon ventre, des mots que je prononçais dans ma tête, seulement dans ma tête, durant les nuits enfiévrées de mon adolescence. Lui sait. Lui connaît. Il a déterré la source trouble de mon plaisir.

Il me serre. Son étreinte, un étau, brûle ma peau. J'aime. Je le hais, mais j'aime sa rage contre moi et je m'abandonne un peu plus au fur et à mesure qu'il me possède. Je cherche ses mains et les ramène à mon cou. Qu'il le presse. Qu'il abuse de ce pouvoir que je lui accorde de me faire vivre ou de me faire mourir. Entre l'instant de vie et l'instant de mort, durant cette fraction d'infini, le plaisir me foudroie.

Les yeux mi-clos, A. épie mon retour à la conscience. Puis, d'un geste inattendu, il me renverse et s'abat sur moi. Il veut jouir sans que je l'observe. Il veut m'inquiéter aussi. Me faire douter de la nature de cette chose qu'il s'apprête à faire couché sur mon dos. Rien de moi ne lui sera plus soustrait. Avec une force renouvelée, il me pétrit, il me laboure. Je ne demande pas grâce. Je le suivrai jusqu'au bout de son acharnement. Jusqu'à ce qu'il explose en moi, me livrant encore au plaisir mortel.

La sonnerie du téléphone vient briser la léthargie dans laquelle nous avions coulé après ce dernier combat. Je m'empare du combiné et j'entends la voix joyeuse de Ted.

— Alors, madame a bien dormi ?
— Oui, oui. Et toi ?
— Mais tu as une voix de catacombes, ma parole. Es-tu sûre d'être bien éveillée ?
— Sûre. Je te retrouve dans une demi-heure. Ça va ?
— Dis-moi, Françoise, tu es certaine que tu te portes bien ?
— Je te le jure sur notre entente.
— Ne jure pas. Ça porte malheur.

A. me regarde, un presque sourire sur les lèvres. Depuis le moment où il a frappé à la porte, pas un mot n'a été prononcé. Je souhaite que nous restions muets. Lui-même ne semble pas vouloir rompre ce silence. Ses yeux parcourent la pièce comme s'il la découvrait, puis reviennent sur moi. J'amorce le geste de me lever. Il me retient, me serre contre lui et ouvre de nouveau les bras, me signifiant que je suis libre.

Je me lève. Une fois dans la salle de bains, je m'attarde, ne sachant pas comment me comporter de retour devant lui. Impensable de m'habiller alors qu'il me scrutera... Ridicule d'aller en intruse prendre mes vêtements et revenir me vêtir ici. Debout, dans l'obscurité, j'épie le moindre bruit susceptible de me parvenir de l'autre côté du mur. Le silence total ne laisse supposer aucune présence.

Plusieurs minutes s'écoulent. Je fais couler un filet d'eau du robinet, m'en remplis les mains et me rafraîchis de nouveau la figure. J'entrouvre la porte et, dans la pénombre, je me maquille à l'aveuglette. Pas question de me doucher. Le bruit réveillerait A., et surtout je veux conserver l'odeur de l'amour.

Je n'ai plus le choix. Il me faut rejoindre Ted : je reviens dans la pièce où A., les yeux fermés, semble dormir. J'enfile mes vêtements à la hâte tout en le surveillant. Il ne feint pas, sa respiration régulière me l'indique.

Quitter la chambre sans rien dire. Puisqu'il a traversé les continents pour me retrouver, qu'il s'explique d'abord. Laisser un mot, c'est tout. Je prends un stylo, le bloc à en-tête de l'hôtel et m'apprête à griffonner une phrase.

Impossible. Je ne trouve pas. Aucun mot ne semble adéquat. « A., je suis en rendez-vous toute la matinée. » Dérisoire... Ce qui existe entre nous est innommable. Alors, au bas de la feuille blanche, je trace l'initiale F. et la dépose bien en vue par terre. Un dernier coup d'œil à cet homme redevenu étranger qui, étendu sur le ventre, dort la tête sous l'oreiller, et je sors en refermant la porte avec précaution après avoir accroché le carton « Ne pas déranger » à la poignée.

Sauvée ! C'est le sentiment que j'éprouve immédiatement en me retrouvant dans le corridor. Et la présence des gens dans l'ascenseur m'aide à me ressaisir avant d'affronter Ted. Au fond de moi, je crains que cette nuit ne soit inscrite sur mes traits et ne me trahisse. Ce vieux réflexe date du jour où une camarade de classe m'avait appris comment étaient conçus les enfants. D'abord je refusai d'y croire. Mais d'autres compagnes confirmèrent ses dires et y ajoutèrent des détails, s'amusant de mon ignorance. J'y repensais sans cesse avec dégoût. Obsédée, je dévisageais les adultes dans la rue afin de découvrir sur leurs visages des indices de cet acte qu'ils commettaient sans vergogne. Or, je n'y parvenais pas. Ils avaient tous l'air normal, même les parents avec des bébés dont j'avais la preuve irréfutable qu'ils avaient fait cette chose que je n'osais me remémorer sans effarement.

Je traverse le lobby avec l'assurance habituelle. J'éprouve une sorte d'exaltation, un affaissement et un excès de lucidité. La matinée me permettra de reprendre pied. Je déjeunerai avec Ted qui ne comprendrait pas que je l'abandonne après la signature de notre accord. Je retrouverai A. par la suite. Mais s'il disparaissait entre-temps ?

En apercevant Ted, au loin, je suis à demi rassurée.
— Je t'attendais avec impatience, dit-il en m'embrassant.
Ne pas trop me rapprocher à cause de l'odeur.
— J'ai dormi comme si le décalage horaire n'existait plus.
— Si tu veux, nous reviendrons à l'hôtel après la signature. Le restaurant français est le meilleur de la ville. Ensuite, je te réserve une surprise.
— Après le déjeuner, je préférerais travailler. Je dois revoir mes dossiers de Paris. Et j'ai plusieurs coups de téléphone à donner.
— Mais je repars ce soir, Françoise. Tu ne vas tout de même pas m'abandonner dans Bangkok tout l'après-midi !
— Tu pourrais t'offrir un massage.

— A condition que ce soit toi qui me le donnes.

Je reste de glace. Visiblement, Ted voudrait pouvoir ravaler ses paroles.

Durant cette dernière réunion de travail, je lutte sans arrêt pour ne pas me projeter dans la chambre assombrie où A. repose sans doute. Ce matin, les Thaïs sont plus loquaces, résultat du dîner d'hier soir. Je ne m'étonnerai jamais assez de cette connivence que crée entre hommes le fait de boire et d'être en présence de femmes, fussent-elles des danseuses. L'échange que nos trois hôtes ont eu avec Ted en arrivant et dont j'étais exclue le démontre assez : « Bien remis, Ted ? » « Vous avez fait de beaux rêves ? » « Il faut venir plus souvent, hier ce n'était qu'un échantillon. » Rires, sourires, tapes sur l'épaule. Enfantillages.

Machinalement, je jette un coup d'œil à ma montre. Onze heures trente. L'échéance approche. Il s'agit d'un compte à rebours. Rien ne peut arrêter la lame de fond qui s'insinue en moi, contre mon gré, pulvérisant ce qui me tient lieu de volonté et de raison. Je n'entends plus ce qui se dit autour de la table. Je suis en train de mettre ma signature au bas d'une feuille. Ted me regarde en souriant, les trois Thaïs m'observent. Je me rends compte qu'A. me vole le plaisir intense de ce moment tant espéré. Je m'accroche à ce qui me reste de révolte. Ne pas le laisser m'envahir, m'occuper, me mettre en échec. Je suis Françoise Robert, la puissante Françoise Robert, celle qui transforme ce qu'elle touche en réussite, celle qui valse avec les millions. La femme forte, trop forte pour beaucoup d'hommes qui se pensent forts.

Ted signe à son tour. Acquiescement, poignées de main. Invitation à déjeuner. « Non, merci, vous êtes bien aimables, nous repartons » Regards entendus entre Ted et moi. Nouvelles poignées de main. Je me ressaisis. Dernières salutations. J'émerge. Je suis heureuse ! J'ai gagné ! « Au plaisir de vous revoir bientôt. » Dernier adieu aux impressionnistes. Les trois hommes, de nouveau, solennels à la porte de l'ascenseur. Mine de circonstance, sérieuse et affairée. Une fois dans la rue, je saute au cou de Ted. Il rit de bon cœur. Joyeuse, je suis joyeuse. A. évaporé.

— Madame, vous venez de réussir votre percée asiatique. Je suis flatté que ce soit en ma compagnie.

— Et si on allait manger ailleurs qu'à l'hôtel ?
Éviter de retourner là-bas.

— Nous mangerons thaï alors.

Assis face à moi, Ted a perdu de sa gaieté. Il se confond en excuses pour cette phrase malheureuse de ce matin. Il ne sait plus ce qui lui a pris, dit-il.

Difficile, ce voyage d'affaires avec une belle femme. Dérangeant, précise-t-il. Il espère que je comprends.

Je comprends tout, Ted. Que c'est plus simple entre hommes. Que je dois séduire et m'en abstenir à la fois. Que je taise surtout ce qui m'habite. Que je cache l'autre. Celle qui éprouve les signes annonciateurs du malaise : le serrement de gorge, le léger flottement sous le crâne, les paroles qui parviennent à travers un baril métallique, la lutte pour respirer, la crainte de perdre le souffle.

« Oui, ce poulet est succulent. » Ted trouve que j'ai peu d'appétit. Il est déçu. Manger pour ne pas le peiner. Parce qu'il a choisi le menu. Facile, toute mon enfance j'ai mangé de force parce que cela coûtait cher. Lui mange parce qu'il est heureux, pour fêter l'événement. Il a raison.

— Je ne t'ai jamais reparlé de cette femme de Boston.

— Oh! tu sais, Ted, c'est toi que ça regarde.

— Elle ne pensait qu'à sa carrière. J'ai fini par comprendre que tous les hommes passaient en second dans sa vie. Quand je me suis rendu compte de cela, j'ai été guéri.

— A l'avenir, sois plus prudent.

— A qui le dis-tu!

Pouvoir tourner les pages de sa vie comme celles

d'un annuaire téléphonique, quel avantage !
Toutes mes amours survivent, aucune n'est morte.
Elles se télescopent en moi. Sauf A. Où est-il à
cette heure ?

— Tu regardes ta montre, Françoise. Quelqu'un
t'attend ?

Je hausse les épaules. Une fois sortie du restaurant, Ted m'entraîne dans la bijouterie qui est adjacente. Il m'offre un bijou, mais exige que je le choisisse, car il craint de se tromper. « Tu as trop de goût pour moi », dit-il. Il aime les perles. Alors je choisis un bracelet de perles. Il est satisfait, excité même d'avoir eu cette bonne idée. Je fais un effort pour paraître enthousiaste. A vrai dire, je suis imperméable à sa gentillesse. Elle ne me touche pas. Pas en ce moment. Il n'y a plus d'entente, plus de travail, n'existe que la chambre dans l'hôtel dont j'aperçois au loin la tour. J'avance en automate, accrochée à son bras. Pas après pas, le dédoublement fait son œuvre. Je m'échappe de Ted. J'avance à sa remorque vers ma perte. Il m'y ramène à son insu. J'irai donc me fracasser contre l'homme endormi. N'est-ce pas ce que j'ai souhaité secrètement depuis toujours ? A., P. ou B. : quelle importance ? C'était écrit depuis le départ de Jean. Il était mon garde-fou et le savait. En partant, il m'immolait. Fatigué de me protéger, de me contenir, de me rassurer, ce sont ses propres paroles. Il les a prononcées dans notre chambre, le soir où il a quitté la maison.

En mettant les pieds dans le lobby, je respire déjà mieux. La folie m'a rejointe. Je vis.

9

Prendre congé de Ted, tout de suite.

— Je regrette que tu doives t'en aller ce soir plutôt que demain. Je n'ai rien vu de la ville, nous aurions fait un peu de tourisme.

Surtout qu'il ne décide pas de retarder son départ. Cesser d'insister sur ma déception de le voir partir.

— Je n'y peux rien, car on m'attend à Hong Kong. Je suis contrarié, car j'ai l'impression de t'abandonner ici. Promets-moi de ne pas te promener seule le soir.

— Je te le promets, dis-je en m'efforçant de sourire. Je mangerai même dans ma chambre si cela peut te rassurer.

— Regarde-moi agir. Lorsque nous négocions, je te trouve féroce, froide, intraitable, et voilà que je me sens une âme de protecteur. Vous, les femmes, vous jouez vraiment sur tous les tableaux, ajoute-t-il, l'air mi-médusé, mi-admiratif.

— Tous les droits et tous les privilèges, dis-je en me penchant vers lui pour l'embrasser.

— Take care. J'irai te voir à Montréal d'ici dix jours. Il nous faut compléter la structure financière avant Noël.

— Avant Noël ?

— Nous sommes le 7 décembre. Sans la neige et le froid, l'aurais-tu oublié ?

Noël ! Les filles, les cadeaux à acheter, l'arbre à décorer. Ce temps des fêtes que je traverse avec tant de peine, oui, je l'avais oublié ici, au bout du monde où aucun objet, aucune sensation physique ne me le rappelle. Noël, à quoi les religieuses nous préparaient tout l'Avent par des sacrifices, des prières et des chants, devenait année après année une période que j'appréhendais à cause des soûleries de mon père. Chaque 24 décembre, il buvait un alcool blanc mélangé à une essence de cerise, de pêche ou d'orange que ma mère réservait pour cette fête. Il appelait cela sa « dynamite » et insistait toujours pour que ma mère partage sa beuverie. Elle refusait ou simulait de boire en cachant les verres derrière l'évier. Quand il s'en rendait compte, il entrait dans une colère noire et s'enfonçait davantage dans l'ivresse. Certaines années, il nous interdisait même de quitter la maison pour assister à la messe de minuit. On procédait alors à la distribution des cadeaux sans que le cœur y soit. Les cadeaux qu'on lui offrait, car notre mère nous y obligeait, la plupart du temps il ne prenait guère la peine de les déballer et les relançait sous le sapin : « J'ai pas besoin de vos bébelles. Ah ! vous jouez aux riches, bandes de " quêteux ". » Et il entonnait sa litanie favorite sur l'exploitation dont il était victime : « Vous êtes en train de me plumer tout rond, vous me volez mon argent et, là, vous faites semblant de me donner quelque chose. Vous me prenez pour un cave, ou quoi ? » Nous subissions ce discours qu'on connaissait par cœur. Petits, nous pleurions à chaudes larmes, mais avec l'âge, endurcis, nous ragions. C'est avec effort que nous ouvrions nos modestes présents et sans appétit que nous mangions la tourtière et le gâteau aux fruits que ma mère avait cuisinés dès le début du mois. Vers une heure, alors que notre père continuait de boire en monologuant à haute voix, nous nous réfugiions, mes frères, ma sœur et moi, dans notre chambre. En chuchotant pour ne pas le provoquer, on se racontait des histoires qui, dans d'autres circonstances, auraient fait s'esclaffer le groupe. On riait jaune et, très vite, chacun éprouvait le besoin de dormir pour oublier que, dans la cuisine, notre mère, forcée par notre père de rester attablée et de boire devant lui, subissait ses injures divagantes en devenant soûle, elle aussi.

Les portes de l'ascenseur glissent doucement. Septième étage. Quelques pas à faire. Je regarde la clé. Ma main glacée et moite tremblote.

En apercevant la poignée de la porte, je sais qu'A. n'est plus là. L'affiche « Ne pas déranger » a été enlevée. En entrant dans la pièce, je constate que la femme de chambre a tout rangé, et c'est en vain que je cherche un signe de son passage. Perplexe, je me laisse choir dans le fauteuil. Plusieurs minutes, je reste ainsi, abasourdie, incapable de me concentrer. La lumière sur le combiné ne clignote pas. Vérifier tout de même. Non il n'y a aucun message.

Traquée ! Il a réussi à me traquer ! Je suis enfermée entre quatre murs à la merci d'une ombre qui rôde dans l'hôtel.

Seule. La même sensation qu'après le départ de Jean. Les enfants endormies, la porte de la chambre refermée sur moi, je me mettais au lit, toujours du même côté, le sien à gauche, et je disposais les oreillers à la manière de son corps. Je les enlaçais. Je ne dormais pas autrement. Pour ne pas qu'ils glissent et qu'une partie de mon corps rencontre le vide, j'avais attaché les taies avec des boutons-pression. Et j'avais remis mes chemises de nuit — je ne dors nue qu'avec un homme. Il m'arrivait de changer de position; j'entraînais mes oreillers dans le mouvement. Aujourd'hui, un seul me suffit et j'ai besoin de le sentir sur mon ventre.

Cette sorte de poupée de plume me permettait de m'assoupir pour quelques heures. Vers trois heures du matin, j'entrais en insomnie. Incapable de lire ou de regarder la télévision, j'écoutais le silence. Certaines nuits, il était si sourd que je croyais l'être moi-même. Chaque bruit infime me délivrait, puis je replongeais dans ce néant de sons. Jamais je n'allumais. Car certains objets me faisaient peur. Surtout les photos au mur. Les personnages sortaient de leur cadre. Les bébés, Anne et Marie, se transformaient, leurs yeux me terrifiaient. Je me résignai à les décrocher du mur car, même le jour, je n'étais pas rassurée. Je déraisonnais, je le savais. Je souhaitais franchir la frontière, basculer dans le vide, mais je n'y arrivais pas, la souffrance me ramenant sans cesse au réel. La folie ne voulait même pas de moi.

Que faire d'autre jusqu'à ce qu'il réapparaisse ? Car, cette fois, je ne fuirai pas. Attendre. Et pour passer le temps, dormir.

Je me déshabille, enfile un long T-shirt, Jean les affectionnait tant, et je m'installe au lit à la recherche d'un creux introuvable où le corps de A. aurait reposé. Mon esprit s'engourdit, et je ne résiste pas à la torpeur qui m'envahit.

La sonnerie du téléphone me tire brutalement du sommeil. Avant même de décrocher, je sais que le déroulement des événements à venir échappera à nos volontés réunies.

« Je monte », dit A.

Pas de bonjour, pas d'explication, pas de permission à demander. « Je monte. » Ces deux mots fixent la fatalité. Ces deux mots comme métaphore, car il ne monte pas, il loge au 9e étage, il descend chez moi. En moi. Avec une espèce d'entêtement qui me dépouille de toute résistance et me laisse à sa merci. Et dans cette impression d'être victime potentielle, mon désir se décuple.

Qu'il me projette au-delà de mon propre corps. Qu'il nivelle les derniers reliefs de ma pudeur. Lui-même s'emprisonne en moi. La tête dans mon cou, il respire avec de moins en moins de régularité. Il ne souhaite plus me transpercer. Il attend que je le retienne, que je l'aspire, que je le love en moi.

Pour que je l'oublie, il retient son souffle de longues secondes. Il s'abandonne à son tour. Moi seule peux lui éviter la suffocation. Il doit renaître de moi, il doit renaître par moi afin de ne pas mourir étouffé. Je sens cela. Il sait que je le sens.

Oui, je vais te sauver. Oui, tu peux venir... Pulvérise-nous...

Tu me prénommes. Tu répètes « Françoise, Françoise, Françoise ». A ton tour, tu veux entendre ton prénom. Mourir, oui... Te prénommer, jamais.

De longs sanglots étranglent A. Ils sortent en cascade, ils inondent le lit. Je me laisse noyer. Je ne sais plus de quelles larmes est baigné mon visage. Je confonds mes membres aux siens. Quel est son sexe à lui, quel est le mien ? Qui suis-je de lui ou de moi ?

Il pleure toujours. Je voudrais tant le mettre en moi, l'envelopper d'obscurité, là où il retrouverait les sensations antérieures qui condamnent les hommes à dépendre des femmes et qui transforment leur plaisir en tendresse.

Je l'enferme de plus en plus entre mes bras, entre mes jambes. J'éprouve la curieuse impression qu'il tente de réduire son corps à la dimension du mien pour mieux s'arc-bouter. L'espoir d'une fusion.

Rien, dans mon passé amoureux, ne me remémore pareil état. Aucun homme ne s'est tant approché de la mort dans l'amour. Aucun ne me l'a fait désirer, sauf lui. Aucun n'a autant souhaité revivre en moi après. J'ai vu pleurer des hommes.

Je n'ai vu personne comme A. s'abîmer dans les pleurs.

Des mots. Il prononce soudain des mots que je déchiffre mal. Pour l'apaiser, j'effleure sa tempe de mes doigts. Je me penche au-dessus de son visage et, de mes lèvres, je caresse ses cils embués.

Les mots qu'il murmure produisent le même choc physique que les cris de l'enfant en pleine nuit : une décharge électrique dans le bas du ventre, là où le plaisir et la douleur se confondent si totalement. Je me laisse entraîner par ses paroles. Comme dans une spirale, sans tenter d'en freiner le flot ou d'en contrer le sens. Je l'écoute me posséder, me circonscrire, m'envahir jusqu'à ce qu'il se délivre de moi de nouveau, qu'il me distance et me rejette, ultime provocation qui déclenche mon terrible besoin de le reconquérir.

— Il faut que tu saches à quel point je t'en veux.

Avant de laisser tomber la phrase, il a retrouvé son regard sombre et s'est repoussé à l'extrémité du lit. Il attend que les hostilités débutent.

— Je comprends.

Me battre. Plus tard.

— C'est tout ce que tu as à dire ? insiste-t-il.

La rage éjectée du fond de moi.

— As-tu fini ton travail ?
— Oui.
— Partons. J'ai réservé à Phuket. La mer, la

plage, l'île comme sur les cartes postales. L'avion part dans trois heures.

Cela va de soi. J'annulerai le vol du lendemain et les rendez-vous des jours subséquents. Un seul obstacle : les filles. Devant moi, A. se rhabille tranquillement. Il a repris contenance. Il ressemble à n'importe quel amant de passage. Les hommes ont une façon identique de remettre le slip, de remonter les chaussettes, de reboutonner la chemise et surtout de rattacher la ceinture du pantalon avec une application qui donne à croire que jamais plus ils ne l'enlèveront. Ils ont tous le réflexe de refermer la boucle de la ceinture avec la paume de la main pour s'assurer qu'ils se sont bien verrouillés. Et lorsque enfin, ils passent la veste, le dédoublement est accompli. Les femmes, au contraire, remettent leurs dessous avec précaution, laissant croire qu'elles les retireront bientôt. En quelque sorte, elles s'habillent toujours dans l'espoir d'être dénudées. Car leur corps n'existe, ne prend forme et n'exulte que sous les caresses des hommes élus.

Ces gestes de la vie quotidienne réduisent la tension entre nous, mais me ramènent trop violemment à la réalité. Je souhaiterais être déjà arrivée dans l'île et j'appréhende ces heures où nous ne serons qu'un banal couple de touristes.

Pour éviter cette situation, j'irai plutôt le rejoindre à Phuket. J'aurai le temps de penser à lui, de parler à Anne et Marie sans être bousculée et de laisser flotter en moi l'idée de ne pas le retrouver.

A. est furieux :

— Je ne suis pas venu à l'autre bout de la terre pour que tu te sauves de moi.

Mais je m'obstine, et il cède avant que j'aie la tentation de le faire.

— Je souhaiterais simplement qu'on parte ensemble. Quel jeu joues-tu ? Que cherches-tu ?

Éviter les explications. Ne pas demander : « Qu'es-tu venu faire ici ? » Les mots sont des chausse-trapes où nos émotions risquent de disparaître. Protéger la tension entre nous. Elle seule nous entraîne à la dérive. Pourquoi A. ne sent-il pas ce danger ? Plus je désire le fuir, plus intense est mon désir de lui. Est-ce possible qu'il veuille en finir avec moi en m'obligeant à me comporter normalement ?

Il est parti à reculons, l'air abattu. Je ne triomphe pas. La peur me retrouve dès que la porte s'est refermée sur lui. Comment annoncer la nouvelle aux enfants ? Je ne resterai que trois jours de plus, mais, à Montréal, le temps s'éternise. Est-ce que je sais encore ce que sont une heure, un jour ?

La voix neutre de la téléphoniste tempère mon anxiété. Il est six heures du matin là-bas. La sonnerie retentit, claire, métallique. La voix ensommeillée de Jacqueline, comme un rempart. Elle dormait, donc tout va bien. Je respire mieux.

— Je les réveille. Elles vont être contentes, Marie surtout. Elle s'ennuie. Elle s'ennuie pas mal, pour tout vous dire.

Pourquoi insiste-t-elle ?

— Allô, maman. Quand est-ce que tu reviens ?

— C'est après-demain, hein, maman ? assure Anne qui a décroché un autre appareil.

— Eh bien, non, justement. J'en ai encore pour trois jours. Je dois aller dans le Sud du pays.

— Oh non ! Pourquoi tu restes encore là-bas ? se plaint Marie.

— Anne, explique à ta sœur. Tu comprends, toi, que maman n'a pas le choix.

— Oui, oui, t'inquiète pas, je vais lui dire. Nous as-tu acheté beaucoup de cadeaux ?

— Comme d'habitude.

Soulagement que cette diversion.

— On est les seuls à ne pas avoir acheté notre arbre de Noël. Il n'en restera plus que des laids quand tu vas arriver, dit Marie.

— Non, mon amour. On va en trouver un très beau, je te le promets.

— Qu'est-ce que tu vas faire dans le Sud ? questionne la petite.

— Je te le dirai quand maman aura raccroché, intervient Anne.

— Es-tu toute seule ? demande Marie.

J'hésite. Je ne saurai jamais mentir aux filles. Parce que je me sens obligée d'être franche avec elles, j'éprouve un grand malaise à camoufler ma vie intime. Mon père nous a volé notre insouciance enfantine. Je dis mon père, mais, à vrai dire : ma mère aussi. Devant nous, elle se plaignait de la vie, cette « vallée de larmes », elle nous accablait de tous les malheurs du monde qu'elle portait sur les épaules avec résignation et elle disait de son mari que le bon Dieu l'avait mis sur sa route pour l'éprouver et lui faire gagner son ciel ici-bas. Du fond de mon âge, je ne me souviens pas d'avoir été à l'abri de ses états d'âme. Non seulement elle ne nous les épargnait pas, mais elle nous empêchait de nous poser des questions sur ceux de notre père. Elle seule souffrait. S'interroger sur la souffrance possible de notre père aurait constitué une trahison. Il ne pouvait y avoir qu'une victime : elle. Et nous étions ses spectateurs captifs.

Jamais je n'ai cherché à comprendre les raisons qui poussaient mon père à boire. Pour ne pas le justifier, pour ne pas le comprendre, pour ne pas m'attendrir. Je refuse de lui pardonner, mais je sens que ma haine m'emprisonne. Pourquoi, en cet instant précis, cette haine se déplace-t-elle vers ma mère ? Protéger à tout prix mes enfants de ce qui m'habite, de ces choses mortelles qui les tueraient à petit feu, qui leur distilleraient au cœur la hargne qui m'empoisonne. Ne jamais leur confier ma souffrance, même lorsqu'elles deviendront adultes. Rester leur mère. Qu'elles soient éternellement mes enfants.

J'ai eu une bonne idée d'appeler les enfants à leur réveil. Ma peur a disparu. L'éloignement de A. me soulage. Presque heureuse, j'ai envie de faire une promenade aux alentours de l'hôtel. Pas question de m'éloigner, car, fonceuse et audacieuse dans le travail, je redeviens une femme craintive et démunie comme toutes les autres lorsque je me retrouve seule dans une ville, le soir. Et à quoi bon me révolter contre cet état de fait ? Jamais je n'arriverai à me détendre totalement dans un taxi conduit par un homme la nuit, même à Montréal. Me retrouver seule en présence d'un homme dans un ascenseur provoquera toujours en moi une inquiétude imperceptible. Je sais que je partage cette expérience avec beaucoup de femmes, mais rares sont celles qui parlent de cette crainte d'être agressées. Nous vivons cela comme une autre fatalité attachée à notre sexe. Cette terreur qui m'envahit parfois dans la rue quand je me crois suivie par un inconnu, il m'est arrivé de l'éprouver en présence d'un amant passager. Sans raison. La peur d'être... mais d'être quoi, à vrai dire ? Tuée ? Pas exactement. Battue ? Non. Plutôt la sensation d'être pulvérisée, comme on le dit d'un parfum retombant en particules de pluie invisible. Il y a dans le regard de l'homme qui désire une gravité à la limite de la colère et, chez certains, de la terreur. En nous livrant, nous prenons le risque d'un glissement de cette émotion dont notre corps ne peut pas toujours absorber les débordements.

L'obscurité tombée brusquement me ramène à l'hôtel. Durant quelques minutes, je flâne dans le lobby. Je me sens épiée par les agents de sécurité. Une femme seule est toujours suspecte. Et si je m'offrais un bijou ? Avant la fuite de Jean — pourquoi parler de son « départ » constamment ? — je ne concevais pas qu'un bijou ne me soit pas donné par un homme. Je suis une femme libérée, mais je me suis toujours refusée à m'en acheter. « Le jour où je m'achèterai une bague ou un collier, c'est que j'aurai fait le deuil des hommes », ai-je déclaré un soir devant une Charlotte scandalisée qui m'a alors accusée d'avoir une mentalité de femme entretenue. Même chose pour les fleurs. J'en décore la maison lorsque des invités en apportent ou que des clients m'en envoient.

Et si, ce soir, je rompais avec ma loi ? Qu'ai-je encore à protéger avant de retrouver A. ? J'entre dans la boutique. Un coup d'œil rapide. Voilà, ce sera une bague en or, sertie d'une grosse opale miellée. Le vendeur insiste pour me montrer d'autres bijoux et semble franchement attristé d'avoir à bâcler la vente. « Pas d'emballage, merci. » Éviter un cérémonial qui accentuerait la signification de mon geste.

Une fois dans la chambre, en passant la bague à mon annulaire droit me revient en mémoire le vers d'Apollinaire que j'ai tant aimé à vingt ans « Une opale : pierre de malheur, gemme infâme. » Instinctivement, j'enlève la bague et la remets dans l'écrin.

Je commande un léger repas, ouvre la télé et me transporte en rêve devant *Autant en emporte le vent* où Vivian Leigh et Clark Gable, les héros de ma mère, se font des déclarations incendiaires en thaï Installée dans le lit, je savoure ces heures de solitude et chasse de mon esprit toute pensée de A. qui viendrait ternir ma presque joie. Je m'éveille en pleine nuit pour constater que la télé est restée ouverte et les lumières allumées. Cette fois, impossible de me rendormir. L'anxiété refait surface, et c'est tendue et fiévreuse que j'accueille l'aube de cette journée inévitable.

Tout m'impatiente ce matin : la lenteur des ascenseurs, la nonchalance du caissier, la gentillesse appuyée du porteur. Car mon temps intérieur est désynchronisé. Je vis en accéléré, poussée par une force désagrégeante. Comme happée par un appel d'air, j'ai déjà franchi la distance qui me sépare de A. Je fonctionne en automate, retrouvant les réflexes de la voyageuse. Le dédoublement s'effectue. Assise à l'arrière de la limousine conduite à trop grande vitesse, je regarde, indifférente, les foules, les temples, les routes que je ne vois pas, tout comme l'aérogare que je traverse Dans la salle d'attente, des passagers bruyants s'empiffrent de pâtés graisseux dont l'odeur réussit à me sortir momentanément de l'état somnambulique La senteur de la graisse réveille un souvenir douloureux. Le vendredi soir, jour de paye où mon père revenait soûl, ma mère s'obligeait à faire des frites, exigence de son mari en retour de l'argent qu'il consentait à lui donner. Nous, les enfants, en raffolions, mais devions attendre que notre père ait mangé, jusqu'à ce qu'il rote bruyamment en éclatant d'un rire aigre, pour avoir à notre tour le droit de nous attabler. Après la première assiettée, vite avalée, nous en redemandions, mais il mettait un terme à notre repas sous prétexte que l'odeur de l'huile lui tombait sur le cœur

L'hôtesse m'indique le siège à l'avant de l'appareil. Mon voisin, un militaire, la poitrine couverte de médailles, m'ignore. En d'autres temps, j'en aurais été froissée ; aujourd'hui, rien ne me dérange. Je ne retiens que l'annonce du temps de vol : un peu plus d'une heure. Je ferme les yeux pour mieux m'engourdir de la présence de A.

Le choc des roues touchant la piste me sort de ma torpeur. Par le hublot, j'aperçois le modeste bâtiment de l'aérogare devant lequel une douzaine de personnes attendent. Je ne distingue pas A. Je scrute les alentours, incapable d'apercevoir sa silhouette derrière les fenêtres panoramiques. Je descends la passerelle et m'avance, les yeux baissés. Je crains que, dissimulé derrière une colonne — ce que j'aurais fait à sa place —, il puisse lire sur mon visage l'inquiétude qui me ronge. Je suis le flot de passagers, m'obligeant à garder la tête penchée comme si je marchais sur un fil de fer suspendu en l'air. Chaque instant augmente ma panique, mon corps à l'écoute du moindre effleurement, signe de sa présence soudaine à mes côtés.

L'attente dure. Puis les bagages apparaissent. Ils défilent plusieurs fois devant moi avant que je parvienne à m'extraire de cette tension paralysante et les retire du convoyeur. A ce moment, quelqu'un s'approche. Je lève les yeux. Un porteur me sourit.

A. n'est pas venu. Notre relation échappe aux règles de la civilité, de la bienséance et de la galanterie.

Dehors, sous le soleil éclatant, aveuglée, je cligne des yeux. Je distingue à peine le paysage. Peu d'habitations le long du trajet. Surtout des plantations d'hévéas. Le minibus inconfortable me secoue à chaque tournant. Nous frôlons dangereusement des scooters où prennent place deux et parfois trois personnes. La mer reste invisible. Nous nous engageons sur une petite route à travers une végétation devenue luxuriante. L'odeur sucrée des fleurs, le bruit de la mer, l'entrée de l'hôtel à ciel ouvert, tout indique le lieu de vacances rêvées.

— Monsieur est au numéro 14. On vous accompagne, dit le garçon à la réception.

— Faites précéder mes bagages.

Je m'éloigne vers la boutique de souvenirs. Perdre du temps. J'achète, sans choisir, des T-shirts, des maillots, des espadrilles. Je ressors, hésitante. Enfin je découvre la mer, plus bas. Devant moi, camouflés sous les arbres, des bungalows déposés sur des rochers et reliés les uns aux autres par des passerelles en bois, suspendues au-dessus du vide.

— Le 14 est au bas, sur la gauche, m'indique le garçon.

— Je trouverai, merci.

Je m'engage sur la passerelle qui balance sous mon poids et je dois me retenir à la rampe pour garder l'équilibre. Dernier réflexe avant d'aller m'abîmer dans A.

10

La porte-moutisquaire est entrouverte. La transition brusque entre la lumière crue et l'obscurité de la pièce où les tentures ont été tirées m'éblouit. Assis dans un fauteuil, A. ne fait aucun geste pour m'accueillir. J'ai du mal à distinguer ses traits. Je n'arrive pas à surmonter la gêne. Je dis : « Je peux visiter ? » Il ne répond pas. Un sourire ironique aux lèvres, il me laisse m'empêtrer dans mon malaise. Je demande : « J'ai envie de me baigner. Pas toi ? » Il répond en se levant : « Allons-y. »

Il se dirige vers la chambre et referme la porte derrière lui. J'ai toujours à la main le sac contenant mes achats, n'ayant pas eu l'idée de le déposer sur une table.

Il ressort, revêtu d'un maillot trop ample et d'un T-shirt. Ne l'ayant jamais vu qu'avec d'élégants costumes italiens, dérangeant de le découvrir banalisé. « Je t'attends dehors », dit-il, l'air de mauvaise humeur en me contournant pour ne pas me frôler.

J'entre dans la chambre à mon tour. Elle est si joliment décorée que cela me distrait, me ramène à la réalité. Je me déshabille en vitesse et constate avec déception que mon corps en sueur conserve les marques du slip et du soutien-gorge que le nouveau maillot deux-pièces ne peut masquer. Je me sens laide et grosse. Me rapprocher du miroir pour mieux m'examiner. Je me pince les cuisses, à la recherche de ces cratères de cellulite qui m'ont épargnée. Je cherche des défauts qui justifieraient en cet instant le dégoût que j'éprouve de moi-même.

Je sors sur la terrasse. Dès qu'il me voit venir, sans attendre que je sois à ses côtés, A. se dirige vers la mer. Il accélère le pas sans se soucier que je le suive. Rebrousser chemin ? J'en suis tentée, mais à quoi bon maintenant ? Je m'avance, résignée, en marchant vite pour ne pas accentuer la distance entre nous. Tel un boxeur entrant dans le ring, il fonce en avant, balançant les épaules, les bras à mi-corps, prêt à décocher un coup de poing à un adversaire invisible.

Une fois sur la plage, il s'éloigne des baigneurs. Il semble chercher un endroit précis. Je cours presque pour ne pas le perdre de vue. Arrivé à l'extrémité de la plage et des rochers, il jette sa serviette par terre et se lance à l'eau. Durant quelques secondes, il disparaît, et je me prends à souhaiter qu'il ne refasse pas surface. Mais il rebondit, comme éjecté du fond et, debout, face au rivage, il me cherche des yeux et m'appelle à lui en ouvrant les bras. Il ne sourit pas. J'entre dans la mer en sachant que sous mes pieds le sable mouvant nous engloutira tous deux.

Il me serre contre lui, s'immerge avec moi, me caresse à l'abri de la terre entière et remonte à l'air libre à la limite de nos souffles. Sous l'eau seulement, sa tendresse éclate. Il effleure de ses mains les contours de mon corps en prononçant des mots qui sortent en bulles de sa bouche. Des mots d'amour, enfin ! Il me ramène à la surface et s'enfonce de nouveau avec moi pour reprendre le dialogue secret. Entre deux eaux, je suffoquerais plutôt que de resurgir seule à la recherche de mon souffle. Je m'abandonne, et A. m'entraîne au-delà des vagues vers la ligne de mer.

De retour sur la plage, il s'assoit sur le sable et fixe l'horizon. Je me glisse près de lui. « Pousse-toi », dit-il sans détacher son regard. Je m'éloigne et me couche sur le côté, dos à lui. J'ai mal... trop mal pour pleurer. Je reste ainsi sous le soleil brûlant qui m'étourdit. Ne pas faire un geste. Me laisser blesser par les rayons. Souffrir dans ma peau pour atténuer l'autre douleur. Dix, quinze, vingt minutes s'écoulent. Il ne se rapproche pas. Avec précaution, je tourne la tête. Il n'est plus là.

Je retourne au bungalow. J'ai peine à marcher, je voudrais m'effondrer avant de parvenir au numéro 14. La résistance de A. m'a vaincue. Il a traversé les limites de mes forces. J'entre, aveuglée par le contraste avec l'extérieur. Il se saisit de moi avant que je ne le voie. Il me serre. Trop fort pour ma peau brûlée. Je pousse un gémissement. Il serre davantage. La brûlure devient désir. Il sait. Il m'entraîne dans la chambre, s'étend sur le lit. Je veux m'étendre sur son flanc. Il me couche sur lui. Abandonné, il soumet son plaisir à ma volonté. L'odeur du sel sur son corps attise mon désir. A mon tour de le parcourir, d'explorer ses retranchements, de le dépouiller de ses dernières résistances. Et ce goût de sel qui intensifie ma soif de lui. Il vibre à la moindre pression de mes doigts. J'accorde mes effleurements à ses soupirs. Les bras en croix, jambes écartées, il s'éloigne trop loin de moi. Je l'ai deviné trop tard. Enfiévrée, inassouvie, j'assiste à l'explosion dont je voulais être l'épicentre.

Pas un regret. Pas un geste vers moi. Il se retourne sur le ventre, la tête sous les oreillers. Il fuit. Dans le sommeil où il ne peut pas penser à moi. Douleur de mon corps d'abord. L'insolation s'accentue. La tête me fend et des contractions me déchirent la poitrine. Sous la peau, hors de mes veines, je saigne. Et mon cœur emballé par cette marée se désynchronise. Il se déplace au bas du cou, là où les hommes ont la pomme d'Adam. Dans ce creux, je touche maintenant à mon cœur.

Agenouillée devant A., j'observe sa respiration, surtout les fractions de seconde avant chaque reprise d'air. Puis je m'allonge à mon tour, à l'autre extrémité du lit. Je subis les assauts de mon envie exacerbée de lui. Interdit, le geste de la solitude désespérante. Doucement, car je sais la fragilité et le caprice de l'homme repu, je me rapproche. J'effleure le creux de ses reins avant d'y coller mon corps. Pour le rejoindre dans ses rêves.

Il n'a pas qu'émergé. Sous l'impulsion, il a bondi avec une fureur physique qui m'emporte au-delà des limites du plaisir déjà atteint. Il s'agrippe à mes hanches, écrase la chair, y remet le feu... Il s'acharne, il veut fracturer mon bassin de son corps. A cet instant, la substitution s'accomplit. Je suis lui, je deviens sa violence, j'absorbe son désespoir. Lui est moi, il prend ma terreur, il contient mon tourment. Mon sexe éclôt. Le sien s'engloutit. Mais l'un des deux doit céder avant l'autre, comme les jumeaux au moment de naître. Dans cette seconde d'inconnu, où l'un peut détruire l'autre ou se sacrifier lui-même, nous choisissons le sacrifice. Mutuelle immolation.

Le soleil se consume dans la mer lorsque nous nous éveillons, nos corps enchevêtrés. J'esquisse un recul, mais A. me retient de ses jambes. Il sourit. Incertaine, j'attends. Il éclate de rire, son premier vrai rire. Il ne tient aucun compte de mon état d'âme, sa conversation n'est qu'anecdotique :
— Comment se sont passées les négociations ?
— Très bien, nous avons conclu l'accord.
— Tu dois être fière de toi.
— Devrais-je ?
Pour toute réponse, il me roule sous lui et m'entraîne par terre en absorbant le choc de la chute.

Jouer la légèreté parce qu'il l'exige. Alors je crie, je feins la douleur. Il me couvre de baisers « là où ça fait mal », comme on fait aux enfants. J'échappe à son étreinte pour me diriger vers la douche, mais il me rattrape, me projette dans le lit et s'abat sur moi en poussant des cris vainqueurs. Je le supplie de me laisser partir, le menace de mourir sur-le-champ si l'on ne va pas dîner. « Mange ! » crie-t-il. Je le mords à l'épaule et ne lâche plus prise. Il crie grâce et, lorsque je relâche la proie, l'empreinte de mes dents marque sa peau, tel un fer rouge L'emotion a remplacé la tension et, alertée, je sens que dans les heures à venir, le plus grand des dangers me guette.

Au restaurant-terrasse qui surplombe la petite baie, nous nous attablons parmi les clients vacanciers. Jamais nous n'avons pris un repas ensemble auparavant. De fait, nous n'avons jamais rien partagé hormis ce lien innommé. Étrangeté de la situation

J'ai faim, mais je n'arrive pas à manger devant A. Enfant, j'éprouvais un malaise identique devant les religieuses. Je les trouvais trop pures, trop saintes pour être soumises aux contingences du corps. Je cachais la pomme de mon goûter derrière mon dos si une sœur s'approchait de moi. J'avais honte. Pourquoi A provoque-t-il cette émotion chez moi ?

Il mange sans me regarder. Je note un assombrissement quasi imperceptible chez lui. Il se retire peu à peu en lui-même. Les lanternes multicolores oscillent sous la brise. Au-delà de la terrasse, la noirceur d'encre. La nervosité me retrouve. J'entre à mon tour dans le silence. Nous nous apprêtons à passer notre première nuit, assurés d'être ensemble le jour suivant. Certitude alarmante.

A. joue avec les couverts, s'agite sur sa chaise. Je dis : « J'irai te rejoindre, si tu veux partir maintenant. » Il se lève aussitôt, sans excuses, sans remerciements. Il a déjà disparu au bout de la passerelle.

Fuir, cette fois, m'est impossible. Je ne peux ni changer de chambre ni dormir sur la plage. Cette île est l'étape finale du voyage, et A. m'entraîne exactement dans la direction que j'ai choisie. En marchant vers notre refuge, je renoue avec la terreur qui m'habitait, enfant, au fond de mon lit

A. les yeux clos, es étendu, les bras et les jambes écartés, victime attendant le supplice. Il est nu et, d'instinct, je détourne le regard. Sans un mot, je me déshabille en conservant le slip. Je me glisse à l'extrémité du lit dans l'espace étroit inoccupé et, à mon tour, je ferme les yeux. A. prend ma main et la ramène au bas de son ventre. « Caresse-moi », ordonne-t-il, la voix blanche. J'obéis. Cela dure... Cela est sans fin... Inutilement...

Il m'oblige à plus d'ardeur. Je m'exécute. Mais j'ai mal. De lui. Pour lui. Je ralentis le rythme : « Continue », exige-t-il, la voix sourde. « N'arrête pas »... Or, je n'en peux plus. Je refuse de sentir cette vie m'échapper. Cette douceur dans ma main, y mettre un terme. « Non », souffle-t-il, rageur.

Pourquoi s'acharne-t-il ? Pourquoi exige-t-il d'être le témoin de sa propre défaite qui est aussi la mienne ? « Continue, il le faut », crie-t-il dans un sanglot. Les pleurs m'étouffent. Oh ! l'envie de le prendre dans mes bras, de le cajoler, de le rassurer ! Mais il me repousse avec force : « Tu sais ce que tu as à faire », dit-il en ramenant brusquement ma main sur son sexe cassé.

D'où vient-il, ce sursaut de colère haineuse contre lui ? La figure contractée, je rage de faire surgir cette tension vitale qu'il me soustrait du fond de lui. Le combat entre nous arrive à sa fin. A. l'a compris. Devant l'inéluctable, sa furie éclate. Il roule sur moi, me secoue le bassin par des mouvements saccadés de tout son corps s'abattant sur le mien. Il entre en collision avec moi. Pas un son ne sortira de ma bouche. Ne pas crier. Je ne pense qu'à ne pas crier alors qu'il retombe sur moi avec une frénésie décuplée. Mes os craquent. Un liquide chaud surgit entre mes cuisses. Je porte la main vers mon ventre et la ramène à hauteur des yeux. Du sang ! Mes doigts sont rouges de sang. A. pousse un cri de stupeur et se précipite hors de la chambre.

Livide, il réapparaît une serviette mouillée sur le bras. Il attend le verdict en m'interrogeant d'un regard de totale impuissance. Je détiens le pouvoir de l'affoler. Tentation écartée. Je le rassure. Par des mots brefs, efficaces, ceux que prononce le médecin au chevet d'un accidenté. Assis à mes côtés, il écoute, comme si chaque parole prononcée allait le sauver du désespoir. Non, il ne m'a pas blessée. L'hémorragie peut être provoquée par trop d'émotions. Il n'a pas à se sentir coupable. Ce n'est pas la première fois qu'une chose pareille arrive. Plus j'explique, plus A. me regarde avec étrangeté. Les hommes sont démunis face à ce mystère. Devant le sang qui sourd du lieu même de leur plaisir, ils sont désemparés ou effrayés. Sans doute n'arrivent-ils pas à croire que ce flux, rouge et chaud, est inutile. Ils souhaitent toujours au fond que leur incursion porte fruit. Leur désespoir repose sur la conviction que ce sang, même inutilisable, est plus fécond que le leur.

A., réfugié dans mes bras, s'est endormi. En vain, je cherche le sommeil, et qu'importe si je traverse une nuit blanche ? L'homme accroché à mon corps est redevenu semblable à tous les autres. Il a perdu la fascination qu'il exerçait sur moi. Je serais incapable de remonter à l'assaut pour réanimer un désir à jamais distillé. Notre tête-à-tête a perdu son sens. Ma vieille blessure reprendra ses droits. Me redire qu'il est impossible d'insuffler la vie à qui la refuse. Ce que je sais d'A., aucun être ne le connaîtra jamais. Sauf que j'ignore complètement sa vie réelle : le lien qui l'unit à sa femme, à ses enfants, à son travail. Nous n'avons existé qu'en deçà de nous-mêmes. Demain, je rentre à Montréal. Dans une semaine, j'aurai quarante ans.

Au petit matin, je retourne me baigner. Je nage seule durant près d'une heure. A. ne me rejoint pas. En revenant au bungalow, je boucle les valises. Comment nous quitter ? Je dis doucement : « C'est mieux ainsi. » Il répond : « Tu as toujours raison. » J'ajoute : « Je t'en prie. » Il réplique « C'est sans arrière-pensée, crois-moi... » Il ne cherche pas à me retenir, n'esquisse aucun geste de rapprochement. A quoi bon se toucher maintenant.

Il m'accompagne vers la sortie. Nous grimpons les escaliers, traversons les passerelles en croisant les clients matinaux. « Tu prends un café avant de partir ? » Je refuse. Pas une seconde de plus n'est possible entre nous. Lorsque je monte dans le taxi, il semble soulagé. Je me retourne une dernière fois pour l'apercevoir, marchant vers l'intérieur de l'hôtel d'un pas rapide, les épaules ballantes. Il a perdu son allure de boxeur

Les premières heures du long retour, j'éprouve un sentiment de délivrance, comme si je venais d'échapper à un grave accident. L'idée de retrouver les enfants me distrait, et je me concentre sur cette pensée. Car une tristesse nouvelle, lancinante, prend place en moi. Dans la demi-conscience de laquelle je ressors à intervalles irréguliers, le visage de A., tendu et sombre, surgit puis s'évapore. Peu à peu, A. se confond avec Jean et Jean avec d'autres visages, penchés sur moi durant cet instant d'hésitation entre la tendresse et la possession. L'instant-laser qui pulvérise l'angoisse et me livre au bonheur, ma vie entière est lancée vers cette fulguration.

La voix de l'hôtesse dans les haut-parleurs me tire de la rêverie. Il faut attacher les ceintures car l'appareil entre dans une zone de turbulence. Je vérifie la boucle, ferme les yeux et remonte la couverture au-dessus de ma tête. Je ne crains pas le déchaînement des éléments. Allongée en chien de fusil, un oreiller entre les bras, je me laisse bercer par les secousses auxquelles est soumis le Boeing traversant la tempête. J'oublie d'où je viens et où je vais, mon existence ne tient qu'à un souffle.

Durant les escales, je reste en cabine. A peine si je me dégourdis les jambes dans le couloir. Limitée à l'espace de mon fauteuil-lit, j'évite de parler à qui que ce soit. Dans ce lieu clos où la promiscuité réduit les contraintes, il m'est arrivé d'échanger des confidences avec des inconnus. Entre ciel et terre, à travers les fuseaux horaires, la familiarité prend le pas sur la retenue. Aujourd'hui, je suis aveugle et muette aux sollicitations extérieures.

Depuis la nuit dernière, le sang n'a pas cessé de couler. Pourquoi ma volonté ne réussit-elle pas à stopper ce signe trop visible de tourmente ? Se pourrait-il que l'angoisse qui me transperce ait enfin trouvé l'endroit secret où se loger pour ensuite m'empoisonner à petit feu, sournoisement ? Le mal imaginé dans mon sein se développerait au creux de mon ventre. Y penser m'en convainc. Oui, je rentre à la maison pour mourir. Il ne reste qu'à faire confirmer le diagnostic par les médecins.

Je tremble. Et j'ai si froid tout à coup. Je claque des dents. Le sang coule davantage. Vérifier à l'abri sous la couverture. Je tâte, je cherche la moiteur. Rien. Je sens pourtant le sang s'écouler. Mes doigts sont incolores. Je saigne ! Je sais que je saigne ! Pour m'en assurer, j'explore La sensation m'émeut. Tant de douceur chaude, glissante, dans ce passage aux formes arrondies et enclavées les unes dans les autres. Jamais de ma vie je n'ai pose ce geste par plaisir. Dans l'adolescence, la peur du péché me retenait. Adulte, je m'y suis refusée, par pudeur peut-être. Pour ne pas altérer le mystère de mon propre corps. Et quelle défaite de dérober ma jouissance au désir d'un homme. Je retire la main, pas une trace de saignement, tout est normal !

Je reprends possession de mes esprits. Nous survolons les grandes prairies, annonce la voix du pilote. J'entrouvre le store. En bas, l'espace infini d'un pays continent. Anne, Marie. Dans quelques heures, les embrasser, les enlacer. Au retour d'un voyage, jamais elles ne me sautent au cou. Les premières minutes, elles boudent. Les enfants ont leur façon d'exprimer la colère quand on se sépare d'eux. Plus que deux heures avant l'arrivée. Saurai-je seulement indiquer au douanier d'où je viens ? L'oublier moi-même.

Il neige à gros flocons. L'avion se pose sur une piste mouvante. « Il est quatorze heures vingt et il fait − 15° », annonce la voix. J'accueille le froid avec soulagement. Enfin chez moi.

Je suis tentée d'aller chercher les enfants en classe. Acheter plutôt l'arbre de Noël. La limousine roule avec prudence sur l'autoroute. La neige est trop dense pour qu'on puisse apercevoir Montréal devant nous. Un arrêt « Quatre sapins s'il vous plaît. Un pour le salon, un pour ma chambre, deux pour les chambres des filles. — Vous avez envie de fêter cette année, madame. » Je retrouve la maison, l'odeur, les choses familières, ma vieille chemise de nuit en flanellette. Assise dans mon lit, j'attends. Soudain, elles sont là, devant moi, distantes : « T'es partie, tant pis pour toi. » Mais l'élan amoureux est plus fort. Elles se lancent dans mes bras, elles gazouillent, elles bavardent. « Où sont nos cadeaux ? » « Donne-les un par un, maman, ça dure plus longtemps. » Le bonheur en cet instant.

C'est Marie qui n'a pu se retenir. Le soir de mon arrivée, à table, elle ne cessait de lancer des coups d'œil à sa sœur. Celle-ci baissait les yeux dès que je l'observais. « Que se passe-t-il, Marie ? ai-je demandé à la petite.

— Elle n'a rien, maman, elle est énervée parce que tu es revenue », a répliqué Anne sans conviction. J'ai insisté. Elles allaient me dire à quoi rimaient ces simagrées. Marie a lancé : « Anne veut qu'on attende à demain pour te dire que papa se marie le 24 décembre. » Anne n'a pas osé me regarder. Marie, elle, guettait ma réaction. J'ai respiré profondément — avant une négociation difficile je prends toujours une grande respiration —, je suis devenue très froide, très compréhensive aussi. J'ai dit : « J'espère que votre père est heureux, je lui souhaite beaucoup de bonheur. » Marie a dit à sa sœur : « Tu vois, tu te trompes, maman, ça lui fait pas de peine, hein maman ? — Mais non, chérie, c'est normal, ton papa et moi on ne vit plus ensemble depuis des années. » Anne écoutait. Elle ne croyait pas un mot de ce que je disais. Nous avons terminé le repas. J'ai regardé leurs cahiers de devoirs, pas de bain ce soir, Marie a dit « youpi », je les ai bordées, l'une après l'autre et je suis entrée dans ma chambre. Je n'ai pas eu le temps de me rendre à la salle de bains : le flux de sang coulait sur la moquette.

Ted est venu à Montréal pour régler notre affaire. J'ai rassemblé quinze millions en quelques jours. Il m'a proposé une participation encore plus importante, à Singapour cette fois. J'y réfléchis. Entre-temps, j'achèterai l'usine du Vermont. Pour mon anniversaire, j'ai reçu huit bouquets, la maison embaumait, et Charlotte a réuni des amis chez elle. Tout le monde était gai, moi la première. La veille de Noël, les filles fêtaient avec leur père et leur nouvelle belle... belle quoi, à vrai dire ? J'étais invitée chez des gens chics, sympathiques, accueillants. J'ai décliné l'invitation. A partir de six heures du soir, le téléphone s'est tu. Personne n'imaginait que la puissante Françoise Robert qui voyage partout, fréquente des tas de gens et que tout le monde connaît, pouvait être seule en cette nuit bénie. J'ai mis le répondeur téléphonique en marche. La solitude, je la vivrai sans résister. J'ai éteint les arbres de Noël et je me suis allongée par terre dans le salon. Je ne savais plus si j'avais mal. Je coulais à pic. Vers onze heures, je me suis relevée. J'avais, moi aussi, un rendez-vous. Il neigeait comme dans les cantiques. Je démarrai la voiture, ouvris le chauffage et me laissai guider vers le bas de la montagne, puis en direction de l'est. Je traversai ainsi une partie de la ville. Puis le décor me fut plus familier. J'étais rendue. Je tournai à gauche et, devant une petite maison décorée d'un sapin illuminé, je stationnai. J'étais revenue à la maison de mon enfance. Mais, cette nuit, il n'y aurait ni cris ni pleurs. Je ne retrouverais que ma douleur. Ma vieille douleur. Et cette nuit, j'aurai enfin le droit de m'aimer.

IMPRIMERIE HÉRISSEY À ÉVREUX
DÉPÔT LÉGAL : MARS 1992 - N° 14757 (57219)

Collection Points

SÉRIE ROMAN

R1. Le Tambour, *par Günter Grass*
R2. Le Dernier des Justes, *par André Schwarz-Bart*
R3. Le Guépard, *par Giuseppe Tomasi di Lampedusa*
R4. La Côte sauvage, *par Jean-René Huguenin*
R5. Acid Test, *par Tom Wolfe*
R6. Je vivrai l'amour des autres, *par Jean Cayrol*
R7. Les Cahiers de Malte Laurids Brigge
    par Rainer Maria Rilke
R8. Moha le fou, Moha le sage, *par Tahar Ben Jelloun*
R9. L'Horloger du Cherche-Midi, *par Luc Estang*
R10. Le Baron perché, *par Italo Calvino*
R11. Les Bienheureux de La Désolation, *par Hervé Bazin*
R12. Salut Galarneau !, *par Jacques Godbout*
R13. Cela s'appelle l'aurore, *par Emmanuel Roblès*
R14. Les Désarrois de l'élève Törless, *par Robert Musil*
R15. Pluie et Vent sur Télumée Miracle
    par Simone Schwarz-Bart
R16. La Traque, *par Herbert Lieberman*
R17. L'Imprécateur, *par René-Victor Pilhes*
R18. Cent Ans de solitude, *par Gabriel Garcia Marquez*
R19. Moi d'abord, *par Katherine Pancol*
R20. Un jour, *par Maurice Genevoix*
R21. Un pas d'homme, *par Marie Susini*
R22. La Grimace, *par Heinrich Böll*
R23. L'Age du tendre, *par Marie Chaix*
R24. Une tempête, *par Aimé Césaire*
R25. Moustiques, *par William Faulkner*
R26. La Fantaisie du voyageur, *par François-Régis Bastide*
R27. Le Turbot, *par Günter Grass*
R28. Le Parc, *par Philippe Sollers*
R29. Ti Jean L'horizon, *par Simone Schwarz-Bart*
R30. Affaires étrangères, *par Jean-Marc Roberts*
R31. Nedjma, *par Kateb Yacine*
R32. Le Vertige, *par Evguénia Guinzbourg*
R33. La Motte rouge, *par Maurice Genevoix*
R34. Les Buddenbrook, *par Thomas Mann*

R35. Grand Reportage, *par Michèle Manceaux*
R36. Isaac le mystérieux (Le ver et le solitaire)
       par Jerome Charyn
R37. Le Passage, *par Jean Reverzy*
R38. Chesapeake, *par James A. Michener*
R39. Le Testament d'un poète juif assassiné
       par Elie Wiesel
R40. Candido, *par Leonardo Sciascia*
R41. Le Voyage à Paimpol, *par Dorothée Letessier*
R42. L'Honneur perdu de Katharina Blum
       par Heinrich Böll
R43. Le Pays sous l'écorce, *par Jacques Lacarrière*
R44. Le Monde selon Garp, *par John Irving*
R45. Les Trois Jours du cavalier, *par Nicole Ciravégna*
R46. Nécropolis, *par Herbert Lieberman*
R47. Fort Saganne, *par Louis Gardel*
R48. La Ligne 12, *par Raymond Jean*
R49. Les Années de chien, *par Günter Grass*
R50. La Réclusion solitaire, *par Tahar Ben Jelloun*
R51. Senilità, *par Italo Svevo*
R52. Trente Mille Jours, *par Maurice Genevoix*
R53. Cabinet Portrait, *par Jean-Luc Benoziglio*
R54. Saison violente, *par Emmanuel Roblès*
R55. Une comédie française, *par Éric Orsenna*
R56. Le Pain nu, *par Mohamed Choukri*
R57. Sarah et le Lieutenant français, *par John Fowles*
R58. Le Dernier Viking, *par Patrick Grainville*
R59. La Mort de la phalène, *par Virginia Woolf*
R60. L'Homme sans qualités, tome 1, *par Robert Musil*
R61. L'Homme sans qualités, tome 2, *par Robert Musil*
R62. L'Enfant de la mer de Chine, *par Didier Decoin*
R63. Le Professeur et la Sirène
       par Giuseppe Tomasi di Lampedusa
R64. Le Grand Hiver, *par Ismaïl Kadaré*
R65. Le Cœur du voyage, *par Pierre Moustiers*
R66. Le Tunnel, *par Ernesto Sabato*
R67. Kamouraska, *par Anne Hébert*
R68. Machenka, *par Vladimir Nabokov*
R69. Le Fils du pauvre, *par Mouloud Feraoun*
R70. Cités à la dérive, *par Stratis Tsirkas*
R71. Place des Angoisses, *par Jean Reverzy*

R72. Le Dernier Chasseur, *par Charles Fox*
R73. Pourquoi pas Venise, *par Michèle Manceaux*
R74. Portrait de groupe avec dame, *par Heinrich Böll*
R75. Lunes de fiel, *par Pascal Bruckner*
R76. Le Canard de bois (Les Fils de la Liberté, I)
par Louis Caron
R77. Jubilee, *par Margaret Walker*
R78. Le Médecin de Cordoue, *par Herbert Le Porrier*
R79. Givre et Sang, *par John Cowper Powys*
R80. La Barbare, *par Katherine Pancol*
R81. Si par une nuit d'hiver un voyageur, *par Italo Calvino*
R82. Gerardo Laïn, *par Michel del Castillo*
R83. Un amour infini, *par Scott Spencer*
R84. Une enquête au pays, *par Driss Chraïbi*
R85. Le Diable sans porte (tome 1 : Ah, mes aïeux !)
par Claude Duneton
R86. La Prière de l'absent, *par Tahar Ben Jelloun*
R87. Venise en hiver, *par Emmanuel Roblès*
R88. La Nuit du Décret, *par Michel del Castillo*
R89. Alejandra, *par Ernesto Sabato*
R90. Plein Soleil, *par Marie Susini*
R91. Les Enfants de fortune, *par Jean-Marc Roberts*
R92. Protection encombrante, *par Heinrich Böll*
R93. Lettre d'excuse, *par Raphaële Billetdoux*
R94. Le Voyage indiscret, *par Katherine Mansfield*
R95. La Noire, *par Jean Cayrol*
R96. L'Obsédé (L'Amateur), *par John Fowles*
R97. Siloé, *par Paul Gadenne*
R98. Portrait de l'artiste en jeune chien
par Dylan Thomas
R99. L'Autre, *par Julien Green*
R100. Histoires pragoises, *par Rainer Maria Rilke*
R101. Bélibaste, *par Henri Gougaud*
R102. Le Ciel de la Kolyma (Le Vertige, II)
par Evguénia Guinzbourg
R103. La Mulâtresse Solitude, *par André Schwarz-Bart*
R104. L'Homme du Nil, *par Stratis Tsirkas*
R105. La Rhubarbe, *par René-Victor Pilhes*
R106. Gibier de potence, *par Kurt Vonnegut*
R107. Memory Lane
par Patrick Modiano, dessins de Pierre Le-Tan

- R108. L'Affreux Pastis de la rue des Merles
  par Carlo Emilio Gadda
- R109. La Fontaine obscure, *par Raymond Jean*
- R110. L'Hôtel New Hampshire, *par John Irving*
- R111. Les Immémoriaux, *par Victor Segalen*
- R112. Cœur de lièvre, *par John Updike*
- R113. Le Temps d'un royaume, *par Rose Vincent*
- R114. Poisson-chat, *par Jerome Charyn*
- R115. Abraham de Brooklyn, *par Didier Decoin*
- R116. Trois Femmes, *suivi de* Noces, *par Robert Musil*
- R117. Les Enfants du sabbat, *par Anne Hébert*
- R118. La Palmeraie, *par François-Régis Bastide*
- R119. Maria Republica, *par Agustin Gomez-Arcos*
- R120. La Joie, *par Georges Bernanos*
- R121. Incognito, *par Petru Dumitriu*
- R122. Les Forteresses noires, *par Patrick Grainville*
- R123. L'Ange des ténèbres, *par Ernesto Sabato*
- R124. La Fiera, *par Marie Susini*
- R125. La Marche de Radetzky, *par Joseph Roth*
- R126. Le vent souffle où il veut, *par Paul-André Lesort*
- R127. Si j'étais vous…, *par Julien Green*
- R128. Le Mendiant de Jérusalem, *par Elie Wiesel*
- R129. Mortelle, *par Christopher Frank*
- R130. La France m'épuise, *par Jean-Louis Curtis*
- R131. Le Chevalier inexistant, *par Italo Calvino*
- R132. Le Dialogue des Carmélites, *par Georges Bernanos*
- R133. L'Étrusque, *par Mika Waltari*
- R134. La Rencontre des hommes, *par Benigno Cacérès*
- R135. Le Petit Monde de Don Camillo
  par Giovanni Guareschi
- R136. Le Masque de Dimitrios, *par Eric Ambler*
- R137. L'Ami de Vincent, *par Jean-Marc Roberts*
- R138. Un homme au singulier, *par Christopher Isherwood*
- R139. La Maison du désir, *par France Huser*
- R140. Moi et ma cheminée, *par Herman Melville*
- R141. Les Fous de Bassan, *par Anne Hébert*
- R142. Les Stigmates, *par Luc Estang*
- R143. Le Chat et la Souris, *par Günter Grass*
- R144. Loïca, *par Dorothée Letessier*
- R145. Paradiso, *par José Lezama Lima*
- R146. Passage de Milan, *par Michel Butor*

R147. Anonymus, *par Michèle Manceaux*
R148. La Femme du dimanche
       par Carlo Fruttero et Franco Lucentini
R149. L'Amour monstre, *par Louis Pauwels*
R150. L'Arbre à soleils, *par Henri Gougaud*
R151. Traité du zen et de l'entretien des motocyclettes
       par Robert M. Pirsig
R152. L'Enfant du cinquième Nord, *par Pierre Billon*
R153. N'envoyez plus de roses, *par Eric Ambler*
R154. Les Trois Vies de Babe Ozouf, *par Didier Decoin*
R155. Le Vert Paradis, *par André Brincourt*
R156. Varouna, *par Julien Green*
R157. L'Incendie de Los Angeles, *par Nathanaël West*
R158. Les Belles de Tunis, *par Nine Moati*
R159. Vertes Demeures, *par Henry Hudson*
R160. Les Grandes Vacances, *par Francis Ambrière*
R161. Ceux de 14, *par Maurice Genevoix*
R162. Les Villes invisibles, *par Italo Calvino*
R163. L'Agent secret, *par Graham Greene*
R164. La Lézarde, *par Edouard Glissant*
R165. Le Grand Escroc, *par Herman Melville*
R166. Lettre à un ami perdu, *par Patrick Besson*
R167. Evaristo Carriego, *par Jorge Luis Borges*
R168. La Guitare, *par Michel del Castillo*
R169. Épitaphe pour un espion, *par Eric Ambler*
R170. Fin de saison au Palazzo Pedrotti, *par Frédéric Vitoux*
R171. Jeunes Années. Autobiographie 1, *par Julien Green*
R172. Jeunes Années. Autobiographie 2, *par Julien Green*
R173. Les Égarés, *par Frédérick Tristan*
R174. Une affaire de famille, *par Christian Giudicelli*
R175. Le Testament amoureux, *par Rezvani*
R176. C'était cela notre amour, *par Marie Susini*
R177. Souvenirs du triangle d'or, *par Alain Robbe-Grillet*
R178. Les Lauriers du lac de Constance, *par Marie Chaix*
R179. Plan B, *par Chester Himes*
R180. Le Sommeil agité, *par Jean-Marc Roberts*
R181. Roman Roi, *par Renaud Camus*
R182. Vingt Ans et des poussières
       par Didier van Cauwelaert
R183. Le Château des destins croisés, *par Italo Calvino*
R184. Le Vent de la nuit, *par Michel del Castillo*

R185. Une curieuse solitude, *par Philippe Sollers*
R186. Les Trafiquants d'armes, *par Eric Ambler*
R187. Un printemps froid, *par Danièle Sallenave*
R188. Mickey l'Ange, *par Geneviève Dormann*
R189. Histoire de la mer, *par Jean Cayrol*
R190. Senso, *par Camillo Boito*
R191. Sous le soleil de Satan, *par Georges Bernanos*
R192. Niembsch ou l'immobilité, *par Peter Härtling*
R193. Prends garde à la douceur des choses
par Raphaële Billetdoux
R194. L'Agneau carnivore, *par Agustin Gomez-Arcos*
R195. L'Imposture, *par Georges Bernanos*
R196. Ararat, *par D. M. Thomas*
R197. La Croisière de l'angoisse, *par Eric Ambler*
R198. Léviathan, *par Julien Green*
R199. Sarnia, *par Gerald Basil Edwards*
R200. Le Colleur d'affiches, *par Michel del Castillo*
R201. Un mariage poids moyen, *par John Irving*
R202. John l'Enfer, *par Didier Decoin*
R203. Les Chambres de bois, *par Anne Hébert*
R204. Mémoires d'un jeune homme rangé
par Tristan Bernard
R205. Le Sourire du Chat, *par François Maspero*
R206. L'Inquisiteur, *par Henri Gougaud*
R207. La Nuit américaine, *par Christopher Frank*
R208. Jeunesse dans une ville normande
par Jacques-Pierre Amette
R209. Fantôme d'une puce, *par Michel Braudeau*
R210. L'Avenir radieux, *par Alexandre Zinoviev*
R211. Constance D., *par Christian Combaz*
R212. Épaves, *par Julien Green*
R213. La Leçon du maître, *par Henry James*
R214. Récit des temps perdus, *par Aris Fakinos*
R215. La Fosse aux chiens, *par John Cowper Powys*
R216. Les Portes de la forêt, *par Elie Wiesel*
R217. L'Affaire Deltchev, *par Eric Ambler*
R218. Les amandiers sont morts de leurs blessures
par Tahar Ben Jelloun
R219. L'Admiroir, *par Anny Duperey*
R220. Les Grands Cimetières sous la lune
par Georges Bernanos

R221. La Créature, *par Étienne Barilier*
R222. Un Anglais sous les tropiques, *par William Boyd*
R223. La Gloire de Dina, *par Michel del Castillo*
R224. Poisson d'amour, *par Didier van Cauwelaert*
R225. Les Yeux fermés, *par Marie Susini*
R226. Cobra, *par Severo Sarduy*
R227. Cavalerie rouge, *par Isaac Babel*
R228. Tous les soleils, *par Bertrand Visage*
R229. Pétersbourg, *par Andréi Biély*
R230. Récits d'un jeune médecin, *par Mikhaïl Boulgakov*
R231. La Maison des prophètes, *par Nicolas Saudray*
R232. Trois Heures du matin à New York
       par Herbert Lieberman
R233. La Mère du printemps, *par Driss Chraïbi*
R234. Adrienne Mesurat, *par Julien Green*
R235. Jusqu'à la mort, *par Amos Oz*
R236. Les Envoûtés, *par Witold Gombrowicz*
R237. Frontière des ténèbres, *par Eric Ambler*
R238. Les Deux Sacrements, *par Heinrich Böll*
R239. Cherchant qui dévorer, *par Luc Estang*
R240. Le Tournant, *par Klaus Mann*
R241. Aurélia, *par France Huser*
R242. Le Sixième Hiver
       par Douglas Orgill et John Gribbin
R243. Naissance d'un spectre, *par Frédérick Tristan*
R244. Lorelei, *par Maurice Genevoix*
R245. Le Bois de la nuit, *par Djuna Barnes*
R246. La Caverne céleste, *par Patrick Grainville*
R247. L'Alliance, tome 1, *par James A. Michener*
R248. L'Alliance, tome 2, *par James A. Michener*
R249. Juliette, chemin des Cerisiers, *par Marie Chaix*
R250. Le Baiser de la femme-araignée, *par Manuel Puig*
R251. Le Vésuve, *par Emmanuel Roblès*
R252. Comme neige au soleil, *par William Boyd*
R253. Palomar, *par Italo Calvino*
R254. Le Visionnaire, *par Julien Green*
R255. La Revanche, *par Henry James*
R256. Les Années-lumière, *par Rezvani*
R257. La Crypte des capucins, *par Joseph Roth*
R258. La Femme publique, *par Dominique Garnier*
R259. Maggie Cassidy, *par Jack Kerouac*

R260. Mélancolie Nord, *par Michel Rio*
R261. Énergie du désespoir, *par Eric Ambler*
R262. L'Aube, *par Elie Wiesel*
R263. Le Paradis des orages, *par Patrick Grainville*
R264. L'Ouverture des bras de l'homme
 par Raphaële Billetdoux
R265. Méchant, *par Jean-Marc Roberts*
R266. Un policeman, *par Didier Decoin*
R267. Les Corps étrangers, *par Jean Cayrol*
R268. Naissance d'une passion, *par Michel Braudeau*
R269. Dara, *par Patrick Besson*
R270. Parias, *par Pascal Bruckner*
R271. Le Soleil et la Roue, *par Rose Vincent*
R272. Le Malfaiteur, *par Julien Green*
R273. Scarlett si possible, *par Katherine Pancol*
R274. Journal d'une fille de Harlem, *par Julius Horwitz*
R275. Le Nez de Mazarin, *par Anny Duperey*
R276. La Chasse à la licorne, *par Emmanuel Roblès*
R277. Red Fox, *par Anthony Hyde*
R278. Minuit, *par Julien Green*
R279. L'Enfer, *par René Belletto*
R280. Et si on parlait d'amour, *par Claire Gallois*
R281. Pologne, *par James A. Michener*
R282. Notre homme, *par Louis Gardel*
R283. La Nuit du solstice, *par Herbert Lieberman*
R284. Place de Sienne, côté ombre
 par Carlo Fruttero et Franco Lucentini
R285. Meurtre au comité central
 par Manuel Vázquez Montalbán
R286. L'Isolé soleil, *par Daniel Maximin*
R287. Samedi soir, dimanche matin, *par Alan Sillitoe*
R288. Petit Louis, dit XIV, *par Claude Duneton*
R289. Le Perchoir du perroquet, *par Michel Rio*
R290. L'Enfant pain, *par Agustin Gomez-Arcos*
R291. Les Années Lula, *par Rezvani*
R292. Michael K, sa vie, son temps, *par J. M. Coetzee*
R293. La Connaissance de la douleur
 par Carlo Emilio Gadda
R294. Complot à Genève, *par Eric Ambler*
R295. Serena, *par Giovanni Arpino*
R296. L'Enfant de sable, *par Tahar Ben Jelloun*

R297. Le Premier Regard, *par Marie Susini*
R298. Regardez-moi, *par Anita Brookner*
R299. La Vie fantôme, *par Danièle Sallenave*
R300. L'Enchanteur, *par Vladimir Nabokov*
R301. L'Ile atlantique, *par Tony Duvert*
R302. Le Grand Cahier, *par Agota Kristof*
R303. Le Manège espagnol, *par Michel del Castillo*
R304. Le Berceau du chat, *par Kurt Vonnegut*
R305. Une histoire américaine, *par Jacques Godbout*
R306. Les Fontaines du grand abîme, *par Luc Estang*
R307. Le Mauvais Lieu, *par Julien Green*
R308. Aventures dans le commerce des peaux en Alaska
       par John Hawkes
R309. La Vie et demie, *par Sony Labou Tansi*
R310. Jeune Fille en silence, *par Raphaële Billetdoux*
R311. La Maison près du marais, *par Herbert Lieberman*
R312. Godelureaux, *par Eric Ollivier*
R313. La Chambre ouverte, *par France Huser*
R314. L'Œuvre de Dieu, la part du Diable, *par John Irving*
R315. Les Silences ou la vie d'une femme, *par Marie Chaix*
R316. Les Vacances du fantôme, *par Didier van Cauwelaert*
R317. Le Levantin, *par Eric Ambler*
R318. Beno s'en va-t-en guerre, *par Jean-Luc Benoziglio*
R319. Miss Lonelyhearts, *par Nathanaël West*
R320. Cosmicomics, *par Italo Calvino*
R321. Un été à Jérusalem, *par Chochana Boukhobza*
R322. Liaisons étrangères, *par Alison Lurie*
R323. L'Amazone, *par Michel Braudeau*
R324. Le Mystère de la crypte ensorcelée
       par Eduardo Mendoza
R325. Le Cri, *par Chochana Boukhobza*
R326. Femmes devant un paysage fluvial, *par Heinrich Böll*
R327. La Grotte, *par Georges Buis*
R328. Bar des flots noirs, *par Olivier Rolin*
R329. Le Stade de Wimbledon, *par Daniele Del Giudice*
R330. Le Bruit du temps, *par Ossip E. Mandelstam*
R331. La Diane rousse, *par Patrick Grainville*
R332. Les Éblouissements, *par Pierre Mertens*
R333. Talgo, *par Vassilis Alexakis*
R334. La Vie trop brève d'Edwin Mullhouse
       par Steven Millhauser

R335. Les Enfants pillards, *par Jean Cayrol*
R336. Les Mystères de Buenos Aires, *par Manuel Puig*
R337. Le Démon de l'oubli, *par Michel del Castillo*
R338. Christophe Colomb, *par Stephen Marlowe*
R339. Le Chevalier et la Reine, *par Christopher Frank*
R340. Autobiographie de tout le monde, *par Gertrude Stein*
R341. Archipel, *par Michel Rio*
R342. Texas, tome 1, *par James A. Michener*
R343. Texas, tome 2, *par James A. Michener*
R344. Loyola's blues, *par Erik Orsenna*
R345. L'Arbre aux trésors, légendes, *par Henri Gougaud*
R346. Les Enfants des morts, *par Henrich Böll*
R347. Les Cent Premières Années de Niño Cochise
  par A. Kinney Griffith et Niño Cochise
R348. Vente à la criée du lot 49, *par Thomas Pynchon*
R349. Confessions d'un enfant gâté
  par Jacques-Pierre Amette
R350. Boulevard des trahisons, *par Thomas Sanchez*
R351. L'Incendie, *par Mohammed Dib*
R352. Le Centaure, *par John Updike*
R353. Une fille cousue de fil blanc, *par Claire Gallois*
R354. L'Adieu aux champs, *par Rose Vincent*
R355. La Ratte, *par Günter Grass*
R356. Le Monde hallucinant, *par Reinaldo Arenas*
R357. L'Anniversaire, *par Mouloud Feraoun*
R358. Le Premier Jardin, *par Anne Hébert*
R359. L'Amant sans domicile fixe
  par Carlo Fruttero et Franco Lucentini
R360. L'Atelier du peintre, *par Patrick Grainville*
R361. Le Train vert, *par Herbert Lieberman*
R362. Autopsie d'une étoile, *par Didier Decoin*
R363. Un joli coup de lune, *par Chester Himes*
R364. La Nuit sacrée, *par Tahar Ben Jelloun*
R365. Le Chasseur, *par Carlo Cassola*
R366. Mon père américain, *par Jean-Marc Roberts*
R367. Remise de peine, *par Patrick Modiano*
R368. Le Rêve du singe fou, *par Christopher Frank*
R369. Angelica, *par Bertrand Visage*
R370. Le Grand Homme, *par Claude Delarue*
R371. La Vie comme à Lausanne, *par Erik Orsenna*
R372. Une amie d'Angleterre, *par Anita Brookner*

R373. Norma ou l'exil infini, *par Emmanuel Roblès*
R374. Les Jungles pensives, *par Michel Rio*
R375. Les Plumes du pigeon, *par John Updike*
R376. L'Héritage Schirmer, *par Eric Ambler*
R377. Les Flamboyants, *par Patrick Grainville*
R378. L'Objet perdu de l'amour, *par Michel Braudeau*
R379. Le Boucher, *par Alina Reyes*
R380. Le Labyrinthe aux olives, *par Eduardo Mendoza*
R381. Les Pays lointains, *par Julien Green*
R382. L'Épopée du buveur d'eau, *par John Irving*
R383. L'Écrivain public, *par Tahar Ben Jelloun*
R384. Les Nouvelles Confessions, *par William Boyd*
R385. Les Lèvres nues, *par France Huser*
R386. La Famille de Pascal Duarte, *par Camilo José Cela*
R387. Une enfance à l'eau bénite, *par Denise Bombardier*
R388. La Preuve, *par Agota Kristof*
R389. Tarabas, *par Joseph Roth*
R390. Replay, *par Ken Grimwood*
R391. Rabbit Boss, *par Thomas Sanchez*
R392. Aden Arabie, *par Paul Nizan*
R393. La Ferme, *par John Updike*
R394. L'Obscène Oiseau de la nuit, *par José Donoso*
R395. Un printemps d'Italie, *par Emmanuel Roblès*
R396. L'Année des méduses, *par Christopher Frank*
R397. Miss Missouri, *par Michel Boujut*
R398. Le Figuier, *par François Maspero*
R399. La Solitude du coureur de fond, *par Alan Sillitoe*
R400. L'Exposition coloniale, *par Erik Orsenna*
R401. La Ville des prodiges, *par Eduardo Mendoza*
R402. La Croyance des voleurs, *par Michel Chaillou*
R403. Rock Springs, *par Richard Ford*
R404. L'Orange amère, *par Didier van Cauwelaert*
R405. Tara, *par Michel del Castillo*
R406. L'Homme à la vie inexplicable, *par Henri Gougaud*
R407. Le Beau Rôle, *par Louis Gardel*
R408. Le Messie de Stockholm, *par Cynthia Ozick*
R409. Les Exagérés, *par Jean-François Vilar*
R410. L'Objet du scandale, *par Robertson Davies*
R411. Berlin mercredi, *par François Weyergans*
R412. L'Inondation, *par Evguéni Zamiatine*
R413. Rentrez chez vous Bogner !, *par Heinrich Böll*

R414. Les Herbes amères, par *Chochana Boukhobza*
R415. Le Pianiste, par *Manuel Vázquez Montalbán*
R416. Une mort secrète, par *Richard Ford*
R417. La Journée d'un scrutateur, par *Italo Calvino*
R418. Collection de sable, par *Italo Calvino*
R419. Les Soleils des indépendances, par *Ahmadou Kourouma*
R420. Lacenaire (un film de Francis Girod), par *Georges Conchon*
R421. Œuvres pré-posthumes, par *Robert Musil*
R422. Merlin, par *Michel Rio*
R423. Charité, par *Éric Jourdan*
R424. Le Visiteur, par *György Konrad*
R425. Monsieur Adrien, par *Franz-Olivier Giesbert*
R426. Palinure de Mexico, par *Fernando Del Paso*
R427. L'Amour du prochain, par *Hugo Claus*
R428. L'Oublié, par *Elie Wiesel*
R429. Temps zéro, par *Italo Calvino*
R430. Les Comptoirs du Sud, par *Philippe Doumenc*
R431. Le Jeu des décapitations, par *Jose Lezama Lima*
R432. Tableaux d'une ex, par *Jean-Luc Benoziglio*
R433. Les Effrois de la glace et des ténèbres
par *Christoph Ransmayr*
R434. Paris-Athènes, par *Vassilis Alexakis*
R435. La Porte de Brandebourg, par *Anita Brookner*
R436. Le Jardin à la dérive, par *Ida Fink*
R437. Malina, par *Ingeborg Bachmann*
R438. Moi, laminaire, par *Aimé Césaire*
R439. Histoire d'un idiot racontée par lui-même
par *Félix de Azúa*
R440. La Résurrection des morts, par *Scott Spencer*
R441. La Caverne, par *Eugène Zamiatine*
R442. Le Manticore, par *Robertson Davies*
R443. Perdre, par *Pierre Mertens*
R444. La Rébellion, par *Joseph Roth*
R445. D'amour P. Q., par *Jacques Godbout*
R446. Un oiseau brûlé vif, par *Agustin Gomez-Arcos*
R447. Le Blues de Buddy Bolden, par *Michael Ondaatje*
R448. Étrange séduction (Un bonheur de rencontre)
par *Ian McEwan*
R449. La Diable, par *Fay Weldon*
R450. L'Envie, par *Iouri Olecha*
R451. La Maison du Mesnil, par *Maurice Genevoix*

R452. La Joyeuse Bande d'Atzavara
par *Manuel Vázquez Montalbán*
R453. Le Photographe et ses Modèles, *par John Hawkes*
R454. Rendez-vous sur la terre, *par Bertrand Visage*
R455. Les Aventures singulières du soldat Ivan Tchonkine
par *Vladimir Voïnovitch*
R456. Départements et Territoires d'outre-mort
par *Henri Gougaud*
R457. Vendredi des douleurs, *par Miguel Angel Asturias*
R458. L'Avortement, *par Richard Brautigan*
R459. Histoire du ciel, *par Jean Cayrol*
R460. Une prière pour Owen, *par John Irving*
R461. L'Orgie, la Neige, *par Patrick Grainville*
R462. Le Tueur et son ombre, *par Herbert Lieberman*
R463. Les Grosses Rêveuses, *par Paul Fournel*
R464. Un week-end dans le Michigan, *par Richard Ford*
R465. Les Marches du palais, *par David Shahar*
R466. Les hommes cruels ne courent pas les rues
par *Katherine Pancol*
R467. La Vie exagérée de Martín Romaña
par *Alfredo Bryce-Echenique*
R468. Les Étoiles du Sud, *par Julien Green*
R469. Aventures, *par Italo Calvino*
R470. Jour de silence à Tanger, *par Tahar Ben Jelloun*
R471. Sous le soleil jaguar, *par Italo Calvino*
R472. Les cyprès meurent en Italie, *par Michel del Castillo*
R473. Kilomètre zéro, *par Thomas Sanchez*
R474. Singulières Jeunes Filles, *par Henry James*
R475. Franny et Zooey, *par J. D. Salinger*
R476. Vaulascar, *par Michel Braudeau*
R477. La Vérité sur l'affaire Savolta, *par Eduardo Mendoza*
R478. Les Visiteurs du crépuscule, *par Eric Ambler*
R479. L'Ancienne Comédie, *par Jean-Claude Guillebaud*
R480. La Chasse au lézard, *par William Boyd*
R481. Les Yaquils, *suivi de* Ile déserte, *par Emmanuel Roblès*
R482. Proses éparses, *par Robert Musil*
R483. Le Loum, *par René-Victor Pilhes*
R484. La Fascination de l'étang, *par Virginia Woolf*
R485. Journaux de jeunesse, *par Rainer Maria Rilke*
R486. Tirano Banderas, *par Ramón del Valle-Inclán*
R487. Une trop bruyante solitude, *par Bohumil Hrabal*

R488. En attendant les barbares, *par J. M. Coetzee*
R489. Les Hauts-Quartiers, *par Paul Gadenne*
R490. Je lègue mon âme au diable, *par Germán Castro Caycedo*
R491. Le Monde des merveilles, *par Robertson Davies*
R492. Louve basse, *par Denis Roche*
R493. La Couleur du destin
par Carlo Fruttero et Franco Lucentini
R494. Poupée blonde
par Patrick Modiano, dessins de Pierre Le-Tan
R495. La Mort de Lohengrin, *par Heinrich Böll*
R496. L'Aïeul, *par Aris Fakinos*
R497. Le Héros des femmes, *par Adolfo Bioy Casares*
R498. 1492. Les Aventures de Juan Cabezón de Castille
par Homero Aridjis
R499. L'Angoisse du tigre, *par Jean-Marc Roberts*
R500. Les Yeux baissés, *par Tahar Ben Jelloun*
R501. L'Innocent, *par Ian McEwan*
R502. Les Passagers du Roissy-Express
par François Maspero
R503. Adieu à Berlin, *par Christopher Isherwood*
R504. Remèdes désespérés, *par Thomas Hardy*
R505. Le Larron qui ne croyait pas au ciel
par Miguel Angel Asturias
R506. Madame de Mauves, *par Henry James*
R507. L'Année de la mort de Ricardo Reis, *par José Saramago*
R508. Abattoir 5, *par Kurt Vonnegut*
R509. Comme je l'entends, *par John Cowper Powys*
R510. Madrapour, *par Robert Merle*
R511. Ménage à quatre, *par Manuel Vázquez Montalbán*
R512. Tremblement de cœur, *par Denise Bombardier*
R513. Monnè, Outrages et Défis, *par Ahmadou Kourouma*
R514. L'Ultime Alliance, *par Pierre Billon*
R515. Le Café des fous, *par Felipe Alfau*
R516. Morphine, *par Mikhaïl Boulgakov*
R517. Le Fou du tzar, *par Jaan Kross*